# トリガー　上

真山 仁

角川文庫
22590

本書の連載及び執筆時には、二〇二〇年夏に、東京でオリンピック・パラリンピックが開催される予定でした。ところが、二〇年一月に顕在化した新型コロナウイルスの影響で、五輪は二一年に延期となりました。

文庫版の制作中である二一年二月現在、開催は不透明で、中止の可能性が高まっています。

しかし、本書では、単行本で発表した時と同様、二〇二〇年七月に、東京五輪が予定通り開催されたことを前提とします。

二〇二一年二月二十八日　真山　仁

# 目次

# 主な登場人物

冴木《さえき》治郎《じろう》　調査事務所所長・元内閣情報調査室長
冴木《さえき》怜《れい》　冴木の養女、冴木の調査事務所の調査員
内村《うちむら》　冴木の下で働く調査員兼ハッカー
外村《そとむら》　傭兵上がりの冴木の部下
中村《なかむら》隆《たかし》　警視庁捜査一課第四係係長・警部
望月《もちづき》礼子《れいこ》　警視庁捜査一課巡査部長
藤田《ふじた》陽介《ようすけ》　警視庁警備部警護課第五係巡査部長
戸村《とむら》　警察庁警備局五輪警備対策室次長
坂部《さかべ》守和《もりかず》　内閣総理大臣
大森《おおもり》素平《そっぺい》　内閣官房長官
早見《はやみ》雅司《まさし》　国家安全保障局審議官
嶋津《しまづ》暁彦《あきひこ》　国家安全保障局長

亜土博司《あどひろし》　最高検察庁総務部長
チェ・ジェホ　韓国大統領
キム・セリョン　東京五輪馬術競技韓国代表、ソウル中央地検特捜部検事
イ・ジョンミン　ソウル中央地検特捜部主任検事
ノ・ホジン　ソウル中央地検特捜部長
キム・インス　韓国国家情報院次長
チャン・ギョング　韓国国家情報院テロ対策室長
和仁直人《わになおと》／ユ・ムンシク　麻布十番の寺の住職で北朝鮮工作官
コ・ヘス　北朝鮮工作員
丹後義人《たんごよしと》／パク・ヒョンデ　北朝鮮工作員
田宮光司《たみやこうじ》／ファン・ジョンジェ　北朝鮮工作員
眠りネズミ　北朝鮮の潜伏工作員
レイチェル・バーンズ　米陸軍国際技術センター・太平洋主任研究員、中佐
リック・フーバー　在日米国大使館特別補佐官
シドニー・パトリック　米国家情報長官

「スポーツを通して心身を向上させ、
さらには文化・国籍など様々な差異を超え、
友情、連帯感、フェアプレーの精神をもって理解し合うことで、
平和でよりよい世界の実現に貢献する」

ピエール・ド・クーベルタン

# プロローグ

「弔銃、構え！」

米国立アーリントン墓地に号令が響き渡り、儀仗兵《ぎじょうへい》がライフルを天に向けた。

「撃て！　撃て！　撃て！」

重苦しい色の空に向かって、三発の空砲が轟《とどろ》く。

米国大統領サミュエル・ロバートソンは、自身の胸に撃ち込まれているような痛みを覚えた。

この二ヶ月で、犠牲者は三人を数えた。

一人は、二ヶ月前にソマリアでゲリラとの交戦中に頭を撃たれて命を落とした。そして五日前、イラク・イラン国境で極秘任務を遂行中の装甲車が爆破され、海兵隊の大尉と曹長が即死した。

アメリカが、「世界の警察」を自任していた時代は終わったと、大統領就任以来、ロバートソンは繰り返し発言している。

だが現実には、「世界の秩序を維持する」という大義名分があるからこそ潤うものがあった。

多国籍企業の利権だ。米国に巨万の富をもたらすこの源泉を守ることが、米国大統領の最優先ミッションである以上、対米勢力排除のための極秘作戦などには、軍の出動が不可欠なのだ。

しかし、冷戦の時代はとっくの昔に幕を閉じた。その上、イスラム勢力を悪の帝国と決めつけるのも難しくなった以上、海外での米兵の殉職に対して、世論の風当たりは強くなっている。

大統領選挙の予備選挙まで、あと半年。このままでは有望なアメリカの若者を、戦場で殺す大統領と非難されるばかりで、再選など夢物語になってしまう。

「大統領」

首席補佐官が小声で呼びかけてきて、スマートフォンの画面を示した。

〝連邦最高裁判所が、昨年シリアで戦死した米兵遺族に対し、合衆国政府に一〇〇〇万ドルの賠償金命令〟

ダメだ、限界だ。何か手を打たなければ。

＊

ジョンミンは、部下に呼びつけられて、むかっ腹を立てていた。

八つ当たりするようにドアを開けると、ソウル中央地方検察庁特捜部検事キム・セリョンが、デスクに足を載せるという行儀の悪い姿で読書をしている。しかも泥ハネのついた乗馬服を着たままだ。室内には、事務官や捜査官の姿はない。

「お呼びでございましょうか、キム検事」

俺はおまえの上司であると嫌みを込めて、わざと下手《したて》に出た。しかも、恋人でもある。

「ご苦労様、イ・ジョンミン主任検事、そこに座って」

セリョンは、顔も上げずに返した。

なんだと！

怒りも露《あら》わにジョンミンは腰を下ろした。セリョンは、読書をやめようとしない。

彼女は、日本語の本を読んでいた。ジョンミンは日本語は分からないが、表紙に記された「繊細」と「真実」という漢字は読めた。

一体、何のつもりだ？

いつも思うが、彼女の部屋は、およそ検事の部屋らしくない。

雑然と書いて、検事部屋と読むのだと、ジョンミンは思っている。事件の資料が詰まった棚が壁一面にあり、いつのものか分からない段ボールが床の上に積み上がっている。

そんな書類と資料に埋もれて生きるのが、検事ではないか。なのにセリョンの部屋は、小さな塵さえ目立つほど規則正しく整えられ、その趣は優美ですらある。

セリョンは、一体どこの国の検事様なんだ。

デスクは素材が黒檀《こくたん》という特注で、彼女が体を預けている椅子も座り心地が良さそうだ。

多くの同僚が、タレントや政治家とのツーショット写真を額装してこれ見よがしに飾っているが、彼女の部屋には、そんなものは皆無だ。代わりに愛馬タンザナイトを操るセリョンが華麗にバーを跳び越える瞬間を捉《とら》えた四切サイズのモノクロ写真をはじめ、ツーショットの相手はタンザナイトしかいない。

乗馬趣味の写真を検事の執務室に飾るなんて、公私混同も甚だしいと問題視されるかも知れないが、セリョンの場合は、問題ない。

なぜなら、キム・セリョンは、東京オリンピックの馬術の韓国代表であり、金メダル候補の一人だからだ。その上、美人ときている。

バランスの良い丸い額、大きな目と筋の通った鼻、強い意志が宿る唇——全てがパーフェクトだった。女のみだしなみといわれる整形すら、彼女には必要ない。その完璧さを、神様が与えた奇跡などと持ち上げるメディアもある。

「キム検事、申し訳ないんだが俺は忙しいんだ。用件に入ってくれないか」

「昨日の話、了解した」

まだ、本から視線を上げようとしない。

「昨日の話って？」

「あなたが提案した、関係解消のこと。但し、永久にね」

　恋人同士ではあるが、ジョンミンには妻子がいる。しかも、妻は青瓦台《チョンワデ》を牛耳る大物の次女だ。

　尤《もっと》も、ジョンミンの言い分としては、こちらがセリョンを誘ったのではなく、セリョンに押し倒されたのだ。

　それで三年ほど関係を続けてきたのだが、五輪が近いことだし、世間の目を憚《はばか》る関係は暫《しば》し凍結しようと、昨夜、ベッドの中で切り出したのだ。

「俺は、解消といった訳じゃあ」

　本がデスクに叩《たた》きつけられて、大きな両目がこちらを向いた。夜に見ると痺《しび》れるほど魅力的な瞳《ひとみ》だが、時と場所が変われば、心臓が握りつぶされそうな迫力になる。

「私は、フェイドアウトが嫌いなの」

「どういう意味だ？」

　セリョンは抽斗《ひきだし》から封筒を取り出すと、ジョンミンの前に座った。

　ブラックガラスのテーブルに投げ出された封筒から、数枚の写真が滑り出た。

「おたくの奥様から依頼されたという探偵からのプレゼント」

　ジョンミンとセリョンのツーショットが鮮明に写っていた。タンザナイト・ブルーの特注のフェラーリ812スーパーファストの車内で、キスしている様子まで撮られている。

くそったれ《シーバル》！

「こんなものを、いつ？」

「一週間前。だから、いかにも私を慮《おもんぱか》ったようなあなたの戯《ざ》れ言を聞いた時、私は偽証罪で告訴しようかと思ったほど」

「いや、違うんだ。セリョン、聞いてくれ」

「聞かない。青瓦台を目指す方は、せいぜい身辺をきれいになさって、ごますりに励んで頂戴《ちょうだい》。これで、私もトレーニングに集中できる」

「待ってくれ、セリョン。俺がどれほど、君を想っているかは——」

セリョンが優雅な細い人差し指を自分の口元に当てた。

「ご存知でしょ。この部屋には、盗聴器を仕込んであるのよ。録音されてもよければ、いくらでも弁解なさってください」

自分の執務室に盗聴器を仕掛けるなんぞ、どうかしている。これまでにも何度も非難したのに、彼女は改めていなかったようだ。

「私に検事としての魂を叩き込んでくれたことや、スランプで落ち込んでいた時に支えてくれたことには、感謝している。だから、あなたとの関係は誰にも言わないし、この会話記録も、後で消去しておく」

それが私の武士の情けよ！　とでも言いたいらしい。

まあ、いい。一度言いだしたら、断固として譲らないのが、キム・セリョンの性格だ。

ここはおとなしく引き下がろう。

「用件は、それだけか」

「そう。下がっていいわ、イ・ジョンミン主任検事」

「いや、俺からも用がある」

「プライベートな話なら、聞く耳を持たないわよ」

「おまえの上司としてだ」

「謹んで伺いますわ、主任」

セリョンが、優雅に足を組み直した。

「伯父《おじ》上の捜査を、即刻打ち切るんだ」

セリョンには、もう一つ最強の武器がある。伯父が、韓国大統領なのだ。なのに、こいつは伯父の不正を極秘捜査している。

それについては、情報機関である国家情報院（国情院）も、既に把握している。おかげで、疑惑の有無はともかく、姪《めい》が伯父を捜査するなど「言語道断！」と、上司の俺が青瓦台からのお叱りを受けた。

だが、セリョンは、一向に止める気配がない。昨夜も、二人の関係凍結以上に重要な話として、その点を厳命した。

「ああ、その話。それは、主任のご命令に従います」

「おまえの口約束なんてあてにならない。すぐに破るじゃないか」

「この部屋をしっかり見てよ。昨日まであった資料ボックスが消えているでしょ」

執務室にないぐらいでは、信用できない。彼女は、実家に極秘捜査専用の部屋を持っている。

「君の実家も、チェックするぞ」

「お好きに。でも、私は同行しないわよ。母にどんな説明をする気かしら」

セリョンの母親は大統領の妹で、セリョンの気の強さは母親譲りのものだ。

「心配するな、俺はお母様に好かれている」

「だって、ママは二人の関係を知らないからね。でも、知ったら、あなた撃ち殺されるわよ」

「セリョン!」

「なんてね。まあ、やりたければ、お好きに。私は別の獲物を見つけたから、伯父の捜査からは手を引く」

「別の獲物って?」

話は以上と言わんばかりに、セリョンが立ち上がった。

「さあね。主任、お疲れ様でした。お幸せに」

怒鳴りつけてやりたかったが、自重した。それに、三日前まで大統領不正疑惑の資料ボックスが置かれていた棚は確かに空っぽで、代わりに一冊の古びた英字のペーパーバックがあるだけだ。

著者は、パール・S・バックとある。確か中国を舞台にした『大地（The Good Earth)』という大長編で、ノーベル文学賞を受賞した米国の女流作家だった。ただ、本のタイトルは、『大地』ではなかった。"Command the Morning"。直訳すると、「暁を制せよ」か。

＊

「少佐殿、九時の方向に、不審者の可能性」

「よし、叩き潰《つぶ》せ！」

沖縄・嘉手納《かでな》基地前にあるコザ・ゲートストリートのライブハウスのステージで、宮《みや》里覚《ざとかく》が得意の英語で叫ぶと、歓声が上がった。嘉手納基地の〝叩き潰せ少佐〟ことビリー・アルトマン少佐と副官の声帯模写は、この一言で必ず会場が盛り上がる。

「しかし、少佐殿。民間人かも知れません」

「構わん。叩き潰せ！」

アルトマンがかつてイラクにいた頃は、周囲に不審な動きがあれば、「叩き潰せ！」と殲滅《せんめつ》命令を出した。

噂では、その命令のために、民間人や友軍兵士が死傷しているが、それ以上に敵を掃討したことで、アルトマンには勲章が授与されている。

「少佐殿、どうやら女のようです。生け捕りにしましょうよ。最近、自分、女旱《ひで》りなんで」

「バカかおまえは。女戦士かもしれんだろ。とにかく叩き潰せばいいんだ」

コザの米兵でアルトマン少佐を知らない者はいない。小心者なのに、やたら虚勢を張る嫌われ者だ。肥満で気道が狭くなった少佐独特のしわがれた声とイントネーションは、声帯模写芸人からすれば朝飯前だ。

覚は舞台の上を縦横無尽に動き回り、やや誇張した動きで、会場を笑わせている。

「少佐殿、大変です！」

匍匐《ほふく》前進する部下を演じながら、覚は叫んだ。

「なんだ？」

「不審者は、奥様です！」

「だから、言ったろうが。叩き潰せと！」

女性の声で「もっと！　死ぬぅう」と悲鳴を上げると、得意の銃声音の真似と共に暗転した。

再びステージに照明が向けられ、覚が一礼すると、突然、銃声が吼《ほ》えた。本物だった。

どよめきが消え、ライブハウスは静まり返った。覚の背後の壁板に大きな穴が空いている。

続いてもう一発。今度の弾丸は、覚の頭髪をかすめていった。

「ひぃええ」という情けない声を発するのと同時に覚の腰が抜けた。

ざわめく客席の中から肥満体の男がステージに向かって近づいてきた。

手には、ピストルが握られている。

やばい！　アルトマン少佐本人だった。

二メートル近い長身大柄のアルトマンの顔つきは、軍人と言うより、殺人鬼に見えた。

這《は》うようにステージから移動しようとした途端、目の前の床に穴が空いた。

「動くな！　動くと、本当におまえを叩き潰すぞ」

命じられるまでもなく腰が抜けた覚は動けない。

「おいおい、やり過ぎだぞ！」

誰かのたしなめる声がしたが、アルトマンは銃を下ろす気はないようだ。

「お願いします。お許しください。どうか」

必死に謝る覚のこめかみに、銃口が押しつけられた。

「俺に恥をかかせた落とし前を、どうしてくれる」

「落とし前と言われても」

答えた途端、右手の甲を、軍靴で踏まれた。

骨の折れる音が聞こえた。

冷や汗が流れ、覚の口から絶叫が溢れた。

「助けてくれ！　人殺し！」と泣き叫んだ時に、銃口が頭から離れた。

少佐の他に、もう一人の男の足が視界に入った。

「これは大佐殿」

少佐の声に畏《おそ》れの色が滲《にじ》んでいる。

覚が顔を上げると、クルーカットの巨漢がいた。白髪だが若々しく気迫に満ちている。

「銃をしまえ。こんな怯《おび》えたガキを殺したところで、おまえには、何のプラスにもならんだろ」

「しかし」

「おまえは、栄えあるアメリカ海兵隊の少佐なんだぞ。誇りを忘れるな」

男の語気が厳しくなった。

いきなり、アルトマンが踵《かかと》を鳴らして敬礼した。

「自分は、けっして誇りを忘れません！」

「では、このまま店を出て、基地に帰れ。あとのことは、俺にまかせろ」

「自分のような者に、お気遣いくださり、感謝致します！」

別人のように従順になって店を出て行った。

助かったぁ！

覚が大きなため息をついたのも束の間、白髪頭の大佐に胸ぐらを摑《つか》まれた。

身長一六五センチの覚の足が宙に浮いた。

「さて小僧、おまえは、この御礼に何をしてくれる？」

「何でも致します、大佐！」

「何でもするんだな、よし」

胸元を掴んだ手が緩んだ。両足が床に着いた瞬間、咳《せ》き込んだ。

「勿論《もちろん》です、大佐」

「よしカク、別の店に呑《の》みに行くぞ、つきあえ」

なんで、このオッサンが俺の名前を知ってんだという疑問が頭をかすめたが、酒のつきあいで許してくれるならと、覚は思いっきり笑顔になって敬礼した。

＊

暗号名〝眠りネズミ〟と呼ばれる男は、その名の通り、敵国であるニッポン社会に浸透し、工作官からトリガーを引かれない限り、ずっと眠り続けるスリーパーだった。

十五歳で日本に渡ってきた〝ネズミ〟は、現地工作官が用意した日本人の名前とプロフィールを忠実に守って、その人生を生きた。祖国で厳しい訓練をしていたおかげで北朝鮮人だと気づかれたことは一度たりともない。今や日本人以上に日本人らしく生きている。

だからといって、使命を忘れたわけではない。〝ネズミ〟がしくじれば、祖国にいる肉親が殺されるのだ。何より、彼は朝鮮民主主義人民共和国を愛していた。大義のために人生を捧《ささ》げると、誓っている。

日本という国に愛着を覚えたことはない。物質的に豊かではあるし、先進国としての文明が素晴らしいのは認める。

だが、この国で生きる者どもには、大義がない。国家観も持たず、愛国心を悪だと断じる輩《やから》までいる。使命だから耐えているが、国民としてこの国で生きよと言われたら、退屈で発狂するかも知れない。

だが、待てど暮らせど、トリガーは引かれなかった。

ミサイル攻撃や不審船のニュースが流れるたびにいよいよかと期待したが、ミッションは届かなかった。

あまりに眠りが長いので、近頃は不安を覚えるようになった。あれほどに鍛えた体も衰えてきたように思う。こんな平和ボケした国では、危機感や警戒心を維持するのが難しい。平凡と安穏の生活に埋没するのが耐えられなかった。

——必ず目覚める時がくる。二十年でも三十年でも待てる精神力があるからこそ、おまえは栄えある大役を仰せつかったのだ。

年に一度の工作官との接触では、何度もそう励まされた。

そして遂に、栄えある大役の通達が届いた。

〝ネズミ〟はいつものように家を出て、いつものように満員電車に揺られた。押し出されるように電車からホームに降りると、〝ネズミ〟はいつものように職場に向かった。

# 第一章　呼び出された男

## 1

五月半ばだというのに、台風に直撃されたような豪雨だった。

おかげで、いつもは順番待ちの行列ができる店が、ガラ空きだった。中村隆《なかむらたかし》は、奮発して鴨せいろを注文した。

一口食べたところで、携帯電話が鳴った。発信者を確認すると望月礼子《もちづきれいこ》とある。仕方ない。相変わらず雨は激しそうだが、中村は店の外に出た。

「何だ？」

「殺しです。六本木《ろっぽんぎ》三丁目のホテル・ガーデンプレイス」

「で、君は今、どこにいる？」

「今、捜一を出たところです。係長は、虎《とら》ノ門《もん》の砂場《すなば》ですか」

中村は曜日毎の昼食場所を決めており、特別なことがない限りこのローテーションを守っている。

「そうだ。拾ってくれるか」

「了解しました。では、虎ノ門一丁目の交差点でピックアップします」

つまり、土砂降りの中で待てというのか、望月……。

腕時計で現在時刻を確認して、店に戻った。

中村は飲み込むようにして蕎麦《そば》を平らげると、桜田《さくらだ》通りの虎ノ門一丁目交差点へと急いだ。

車は、まだ、到着していなかった。

雨はさらに激しくなった。風が真横から吹きつけてくるので、傘を差す意味もない。ものの数分で、中村は顔から足元まで、びしょ濡《ぬ》れになった。

サイレンの音が高まり、車が脇に急停止した。路面を川のように流れる雨水が、大きく中村の方に跳ねた。

中村は舌打ちしながら助手席に乗り込んだ。

「すみません！　こんな酷《ひど》い雨だと思っていなくて。店に横付けするべきでした」

ハンドルを握る望月は、本当に申し訳なさそうだ。

「気にするな。それより、こんな酷い雨なんだ。安全運転で行け。相手は死んでるんだ、逃げないからな」

最後の一言は、中村が部下に対して必ず口にするフレーズだ。

拙速こそ捜査の最大の敵だ。

「了解です」

そう言いながら、望月は車を急発進させた。

「現状で、分かっている情報は？」

「ガイシャは、女性のようです。しかも、アメリカ人だとか」

それは面倒な。

「現場に向かっているのは？」

「所轄とウチだけです」

警部である中村は、警視庁捜査一課第四係の係長で、望月巡査部長は、係で下から二番目に若い刑事だった。

視界が悪すぎるせいか、ハンドルにかじりつくようにして運転する望月は、刑事なんかより丸の内あたりのＯＬの方が似合いそうな風体だ。

かつては女刑事と言えば、男まさりの女傑か、地味なタイプが多かった。

それが、最近は望月のように身だしなみに気を配り、居酒屋よりビストロを好むような女性刑事が増えつつある。

捜査一課に配属されて一年余り、むさ苦しい男どもの中にあって、望月は結果も出してきた。ただ、せっかちで先走りしすぎる。

「追加情報としては、ガイシャの身元が、かなりヤバいとか」

「ヤバいって何だ？」

「米軍の将校なんだそうです」

確かに厄介だな。

サイレンを響かせて、雨で渋滞する車列の間を縫うように車は疾走する。

アシストグリップを握りしめた中村は、望月は英会話が堪能《たんのう》なのを思い出した。

ホテル・ガーデンプレイスは、東京オリンピックに合わせてオープンした外資系の高層ホテルだ。構えからして貧乏人には用なしの雰囲気がぷんぷんで、絶対にカネを落としたくないと、中村は思った。

四十七階のエレベーターフロアに着くと、四係主任の警部補池永《いけなが》が待っていた。中村とは気心が知れた頼りがいのある男だった。

「お疲れ様です。鑑識は来ましたが、医者はまだです」

2

ラテックスの手袋とシューズカバーを装着して部屋に入ろうとしたら、池永に止められた。

「上着も脱いだ方が、いいです」

雨のせいで、中村は全身びしょ濡れになっていた。

すかさず望月が上着を脱がせてくれた。

室内には、ムッとした湿った空気が漂っていた。人が大勢いるせいだ。

所轄の刑事課長が迎えた。

「ご苦労様です」

「ご無沙汰《ぶさた》しています」

課長の顔色が悪い。ベテランでも気分が悪くなるほど遺体の損傷が酷いのか。概要説明があるかと思ったが、課長は何も言わず、壁際に後退した。

「ガイシャは、アメリカの女性将校だと聞いたが」

「ええ。身分証を持っていました」

証拠保存袋に入ったIDカードを見せられた。

レイチェル・バーンズ、三十二歳。証明写真では、金髪で聡明そうな美人だった。

「望月、所属と階級は何て書いてあるんだ？」

「アメリカ陸軍国際技術センター・太平洋《たいへいよう》、主任研究員。なんと、階級は、中佐殿です」

IDカードを覗き込んだ望月が、すらすらと答えた。

三十二歳で、中佐か。相当のエリートじゃないか。

部屋の中央にキングサイズのベッドがあったが、捜査員が集まっているのは、窓際だった。

「そこ、どいて！」

課長が声をかけると、人だかりが二つに分かれ、彼らが何に注目していたのかが分かった。

窓際には、椅子が一脚あった。

そして、椅子の背もたれに女が顔をあずけてこちらを向いている。もちろん、生きてはいない。ガーターベルトで留めた黒いストッキングを穿《は》いた両足は、椅子の脚に結束バンドで固定され、座面を跨《また》ぐように座らされている。

血まみれだった。

中村の隣で、望月がうめいた。

「口の中に、何が入ってるんですか」

望月が指摘した異物に、中村も気づいていた。誰も答えないので、二人は遺体に近づいた。

「これって」

望月はそれ以上、言葉にできなかったらしい。

池永が補足した。

「舌が切断されて、押し込まれている」

3

キム・セリョンは、実家に構えた厩舎《きゅうしゃ》でのトレーニングを終えると、ソウル市街地の自宅に戻ってきた。

彼女の部屋は、江南《カンナム》地区の高層マンションの最上階にあった。地下駐車場に愛車を停めて、上機嫌でエレベーターに乗り込んだ。

今日は絶好調だった。

このところ、本業の検事の仕事に忙殺されて、トレーニングの時間が削られていた。しかも、捜査は完全に行き詰まって、イライラが募るばかりだ。そこで、思い切って有給休暇を取った。

久しぶりに愛馬タンザナイトに会うと、大歓迎してくれた。

セリョンが抑えようとしても、パワー全開で馬場を疾走した。

午後の障害訓練でも、タンザナイトの張り切りぶりは続いた。

お陰で、セリョンを悩ませていた不安と苛立《いらだ》ちが霧消した。

気持ちの良い汗をかき、オリンピックに向けての確かな手応《てごた》えを感じて、セリョンは自室に戻ってきた。

東京オリンピックまで、あと二ヶ月余り、そろそろ検事の仕事を休止しなければならない。

シャワーを浴び、湯上がりにモエ・エ・シャンドンのハーフボトルをグラスに注いで、リビングの窓際に立った。

眼下には、ソウルの母なる川、漢江《ハンガン》が流れている。ソウル屈指の賑やかな一帯は日没と共にさらに輝きを増し、ここから見ると、宝石をちりばめたように美しい。

今日は、いい日だったなあ。

お代わりを注ぐついでに、郵便物をチェックする。

たいして魅力のないエステやレストランなどのダイレクトメールに混ざって、厚みのある封書があった。差出人が記されてない。

検察官としての警戒スイッチが入った。

手袋を嵌《は》め、慎重に開封すると、数枚の写真が入っていた。

ジョンミンとのツーショットの写真が数枚。他には、検察庁から出てきた時の姿、女友達との食事まで撮られている。さらに、タンザナイトとトレーニングしている時の写真もあった。

なんだ、これは。

最初は、ジョンミンの悪妻が送りつけてきたのかと思ったが、それにしては、不貞現場以外の写真が多すぎる——つまりこれは、「おまえを、いつも監視している」というメッセージらしい。

最後の一枚が目に入った途端、ギョッとして写真を落としてしまった。その写真には赤い塗料で書かれた文字だけが写されていた。

〝五輪に専念しろ。余計な好奇心は死を招く〟

4

署内の霊安室に充満している線香の匂いが耐えられなかった。

憎籍を得て三十年、おまけにこの国に暮らして四十年以上が経つというのに、和仁直人《わになおと》の不快感は一向に解消しない。朝鮮半島でも葬式や法事では香を焚《た》くし、向こうに帰れば気にもならないのだが。

要するに俺はこの国の線香がダメなんだ。

この国は、どんなものでも独自にアレンジして洗練させてしまう。茶にしても、花にしても大陸から仕入れた途端、我が物顔で「道」に仕立て上げる。

線香ごときですら、日本風だ。

つまらぬことを考えたせいで読経がつかえた。ごまかすように「南無阿弥陀仏《なむあみだぶつ》」と三度繰り返してから、遺族に声を掛けた。

「この度は、本当にご愁傷様でございました」

「ウチの人は御主様《おすさん》の言いつけを守って、酒も止めて真面目に働いていたのに、なぜこんなことに」

二人の子どもを両脇に抱きしめた妻が涙声で訴えてきた。

俺も理由を知りたいんだよ、奥さん。必ず突き止めて、事と次第によっては復讐《ふくしゅう》する。

「奥さん、お辛《つら》いでしょうが、まずはご冥福《めいふく》を祈りましょう」

また泣き崩れた。そんな言葉が何の慰めにもならないのは百も承知だ。

「奥様、葬儀のご相談を致したいので、よろしいでしょうか」

葬儀社の社長が、遺族を霊安室から連れ出した。

彼らが退出してドアが閉じられるやいなや、和仁は遺体のシーツをはぎ取った。

監察医の所見は、泥酔して川に転落したことによる溺死《できし》だ。

和仁は全身をくまなくさぐった。後頭部に腫《は》れがあり、さらに頸椎《けいつい》のあたりにも殴打の痕《あと》がある。さらに両手首と足首に拘束の痕もある。拷問された後に始末されたということか。

「パク・ヒョンデ――誰がおまえをこんな目に遭わせたんだ」

北朝鮮工作員として二十四年も潜伏し、情報収集を行ってきた丹後義人《たんごよしと》ことパクを、和仁は来日した時から知っていた、いや息子のように目をかけてきた。まだ十代のパクに、丹後義人という身分を得るための手配をしてやったのも和仁だった。

大学で機械工学を学んでいたパクの任務は、日本の先端技術の確保だった。三、四年ごとに日本の大手メーカーの工場を転々として情報を入手していた。

だが、体を壊して人生につまずき、二年前にアルコール依存症になった。パクには妻がおり、十歳と七歳の子どもをもうけていた。パクの素性を知らない彼らのために、和仁が生活費を工面し、パクが治療に専念できるようにしてやった。

昨春、やっとアルコール依存症の治療に成功し、社会復帰した。本人は、現場復帰を強く望んだが、和仁は不適合と判断した。もちろん祖国には報告していない。知られれば即刻消されてしまう。しかし、工作責任者の和仁の手に掛かれば、いくらでも誤魔化せた。

とにかく和仁にしては珍しく手厚くサポートした部下だけに、無念であった。彼に限って言えば、こんな末路を迎えるわけがないのだ。

このところ潜伏工作員は受難続きだった。変死だけでも今月で三人だ。一人目は、ウルフという暗号名の若手で、ホストを隠れ蓑《みの》にセレブ女を籠絡《ろうらく》して情報を取るのが得意なヤツだった。

ウルフの場合は、凄惨《せいさん》な拷問の傷痕も生々しく、米国大使館の前に遺棄された。それは、我々への警告だと、和仁は理解した。尤《もっと》も、警告しているのが誰で、なぜ米国大使館前に遺棄したのかという大きな謎は未だに残っている。

続いて、六本木で数軒のクラブを経営しているベテラン女工作員コ・ヘスが、自宅で焼死体になった。

ヘスはウルフの上官で、ウルフの惨殺事件について何か知っているようだった。そこで和仁が事情聴取をすべく、彼女を訪ねると、既に二階建ての家全体に火の手が及んでいたのだ。警察は、自殺として処理をした。

そして、今度はパクだ。パクはヘスたちとはまったく異なるラインで工作活動をしていたはずで、命を狙われる理由が皆目不明だった。もしかしたら、和仁には無断でパクもこの一件に関わっていたのかも知れない。

葬儀社の社長として遺族の相手をしていた部下が戻ってきた。

「拷問の痕がある。徹底的に遺体を調べろ。僅《わず》かでも手がかりが欲しい。遺族には葬儀を少し待ってもらえ」

「畏《かしこ》まりました」

和仁が廊下に出ると、遺族が待っていた。

「これは、当座のお金です」

和仁が差し出した封筒を、妻は首を振って受け取ろうとしない。

「丹後君から預かっていたものなんだよ。だから、遠慮無く使いなさい」

拝むように封筒を受け取る妻を哀れに思いながら、「ご供養の準備をするので、先に失礼するよ」と言ってその場を後にした。

愛車のビッグスクーター、フォルツァZに跨《また》がったところで、数台ある携帯電話をチェックした。三人の死についての情報は、まだ届いていない。

空を見上げると「東京２０２０まであと50日！」と書かれた飛行船が、お気楽に空に漂っていた。

5

呼び出された時から、冴木《さえき》は警戒していた。わざわざ俺の事務所の近くまで、あの傲《ごう》岸《がん》不遜《ふそん》な男が出張ってくるなんて。いつもなら、日比谷《ひびや》公園や永田町《ながたちょう》周辺の公園に来いと、電話一本で呼び出されるのに……。

どうせ厄介事を押しつけて来るんだろう。それでも冴木はいつも通りに約束の時間の五分前に、六本木ヒルズ内にある毛利《もうり》庭園の瓢簞《ひょうたん》池前のベンチに陣取った。

平日の午後だというのに、カップルだのマダム連中だのが、あちこちにたむろして自撮りしては、はしゃいでいる。

良い国だな、ニッポンは。北朝鮮にミサイル攻撃されても、アメリカが日本を見捨てても、中国が侵略に来ても、こいつらは永遠にお気楽に生きるんだろう。

そこが、俺がこの国が好きな理由でもあるけどな。

「気になる場所に限って、実際来てみたら、がっかりするもんですね」

入梅宣言と共に一気に湿度が上がって不快このうえないのに、ダークスーツに身を包んだ男には無関係のようだ。二人は微妙な距離を置いて、ベンチに腰を下ろした。

早見雅司《はやみまさし》、五十一歳。内閣情報調査室に長年籍を置き、現在は国家安全保障会議《NSC》国家安全保障局《NSS》審議官を務めている。また、米国中央情報局《CIA》東京支局の日本側窓口も兼務している。

つまり、日本の諜報《ちょうほう》機関の幹部ということだ。

「なんだ、あのお天気アナに惚《ほ》れてるのか」

六本木ヒルズに隣接するテレビ局の人気お天気キャスターは、いつもこの庭園から天気予報を中継している。名前を思い出そうとしたが、代わりにゲップが出た。

悪臭を防御するかのように、黒鞄《かばん》を二人の間に置いた早見が、新聞を広げた。日経新聞だ。

「お元気ですか」

「いつから俺のご機嫌伺い担当になったんだ。今はあれやこれやで、てんてこ舞いだろう」

「はて、あれやこれやなんか、ありましたかね」

「レイチェルちゃんの事件、北の工作員の不審死、その上、これだ」

冴木は握りしめていた東京スポーツの一面を見せた。

重大なる宣戦布告！

国立競技場前に「性奴隷像」！

「こんなものは、黙殺でしょう。やった方が恥をかくだけです」

ソウルや釜山《プサン》にあるのと同じ従軍慰安婦像、言うところの「性奴隷像」が昨夜、国立競技場の正面に出現した。

民間人が所有している土地に、深夜に設置したとみられている。

日本政府は即座に、駐日韓国大使を官邸に呼びつけ、総理自らが厳重抗議して即時撤去を求めた。ところが、韓国大使は「我が国がこんな無礼を働くはずもなく、祖国で活動している団体も、嫌疑に対して強く否定している」と反論したという。

政府が地主を捜しているのだが、登記簿上の人物は認知症が進行していて北海道の特別養護老人ホームに入所していた。身寄りもなく、誰かが老人名義で土地を購入したとみられていた。しかし、違法行為と証明されない以上、政府といえども強制撤去は難しい。

「そうか。じゃあ、俺はそのために呼ばれたわけじゃないんだな」

早見は黒鞄から書類袋を取り出した。

「ご存知かと思いますが、この件の背景について調べて戴《いただ》けませんか。米国大使館前に惨殺死体で転がされた男です。田《た》宮《みや》光司《こうじ》、本名ファン・ジョンジェ――。ホストクラブの売れっ子で、男娼《だんしょう》としても稼いでいました」

事件の概要はもちろん、ファンの仲間が殺されているのも、冴木は既に知っていた。

ファンについては、米国大使館前に遺棄された現場写真から、死体検案書、さらには法医学者が撮影した写真も数点保有していた。

十四年前まで内閣情報調査室長として国家に仕え、アンクル・サム《CIA》のお守《も》りもした。朝鮮半島や中国、ロシアの諜報機関にも情報源はあった。退職後は田舎で農業でもやるつもりだったが、紆余《うよ》曲折あって六本木の外れで調査会社を営んでいる。情報商社を名乗っているが、実際のところは、日本国内で暗躍する諜報員の動向調査や、不審な外国人の身上調査のような依頼が多い。公的な立場では難しい汚れ仕事の話を、早見のような男たちが持ち込んでくるのだ。

それにしても、あれほどの酷い遺体状況で、よく身元を割り出せたものだ。

「遺体には、激しい拷問の痕がありました。大抵の場合は、そのやり方で拷問者の所属が判明するのですが、今回は絞り込めませんでした」

冴木が資料を見ようともしないのに、早見は構わず説明を続けた。

冴木としては、池の中央にいるカルガモの親子目がけて、小学生が石をぶつけようとしていることの方が気になった。

「おたくほどの人にも、わからないことがあるんだね」

「複数の組織の手法が、巧妙にミックスされているんです」

それは初耳だ。

「それで、俺に何を調べさせたいんだ」

「なぜ、米国大使館前に棄てられたのか」

「殺害理由ではなく?」

「同じことでは？」

そうかも知れない。

「案外、痴話喧嘩の類《たぐ》いかも知れんぞ。その男娼が、駐日米国大使夫人のお相手だったとかじゃねえのか」

早見は白々しい咳《せき》払いで、冴木の見立てを却下した。

「期限は一週間。費用については、着手金として一〇〇万円を同封しています。成功報酬は、その倍ということで」

やけに気前がいいな。

「とりあえずわかっていることは、洗いざらい教えてくれ」

「と、おっしゃいますと？」

遂に、子どもが投じた石が子ガモに命中した。鳥たちが騒ぎ出したが、子どもに注意する大人は見当たらない。親はどこにいる！

「あんたが俺を呼び出したのは、何ヶ月ぶりだ？　前回は半年以上前だ。しかも、大抵は俺が、日比谷公園あたりまで引っ張り出されるんだ。それが、今日はどうだ。そちらが俺の裏庭にまで足を運んだ上で、気前良く三〇〇万も払うと言ってる。警戒したくなるだろ」

早見が新聞を畳んで立ち上がった。

「それは深読みしすぎです。強いて言えば、五輪が近いからでしょうか」

「スパイ天国東京で、大会を前に妙な騒ぎが起きて欲しくない、ということか」

「連絡方法は、いつものやり方でお願いします。では、朗報をお待ちしています」

早見は冴木の返事を待たず、人混みの中に消えた。

別の子どもが投げた石が、今度は親鳥に当たった。親鳥が悲鳴のような声をあげた。

冴木はポケットに手を突っ込みながら子どもたちに近づいた。石を投じた瞬間を見計らって、腰をひねって子どもの尻《しり》を押した。

見事に二人とも池の中に落ちた。

ナイスショット！

ようやく周囲にいた者が騒ぎ始めた。

騒ぎの隙に池の対面で二人のやりとりを監視していたスーツ姿の女性が近づいてきた。

みかけは就活中の女子大生という体だ。

「怜《れい》、念のため、尾行してくれ。それと、和尚の寺の偵察も頼む」

「いつか、児童虐待で逮捕されるわよ」

「俺は、カルガモ保護の会の会長だ。カルガモちゃんのためなら、時には厳しいお仕置きも必要だろ」

そう返した時には、就活風の女は目の前から消えていた。

6

馬房に差し込む曙光《しょこう》と愛馬の鼻息で、セリョンは目を覚ました。

タンザナイトの黒い目が至近距離にある。昨夜、タンにつけてやったペンダントが、朝日を受けて輝いていた。

「おはよう、タンちゃん」

セリョンの声に、愛馬は嬉《うれ》しそうに頭を上下に振った。

昨夜遅く、セリョンは車を飛ばして実家に戻った。家につくなり厩舎に入り、タンザナイトの世話をしているうちに、そのまま寝入ってしまったようだ。

タンザナイトの馬房は、幾重にも藁《わら》を敷き詰めてあるので、ふかふかのベッドのようだった。寝心地は、検事室のソファより遥《はる》かに快適だ。

手探りで、ジーパンの後ろポケットをまさぐり、スマートフォンを取り出した。十件以上のメールと、それ以上の数のメッセンジャーアプリのメッセージが届いていた。

午前六時十一分――。

あと二時間ほど睡眠を取るべきだ。だが、既に目は冴《さ》えて、全身に気力が漲《みなぎ》っていた。

しかも、タンザナイトは、気合い充分だと言いたげに、セリョンを朝駆けに誘っている。

「よし、じゃあ。ちょっと行く？」

体を起こすと、セリョンはまず冷たい水で顔を洗った。そして、タンザナイトを馬房から解放した。

いきなり駆け巡るような子供じみたふるまいなどタンザナイトは決してしない。十四歳の去勢馬は、優雅に厩舎を出ると、まるでウォームアップでもするかのように軽く足踏みをする。

愛馬の横に立ち、馬体に触れながら、体調のチェックをした後、鞍《くら》を取りに厩舎に戻った。タンザナイトは、その間に、水飲み場で喉《のど》を潤しながら、鞍が置かれるのを、おとなしく待っている。

「タンちゃん、準備できたよ。今日は軽い散歩にしようね」

了解と言いたげに、タンザナイトが頷《うなず》いた。

Tシャツにジーパンという格好だったが、気にせずセリョンは騎乗した。そして、タンザナイトの右頬を、手の甲で撫でた。

六月に入って蒸し暑くなったが、朝の日差しは、まだ柔らかい。

セリョンが小さくかけ声を発すると、タンザナイトは駆け出した。軽やかな振動がタンザナイトの喜びを代弁しているようだ。同時に、昨日までもやもやとセリョンの胸につかえていた鬱屈《うっくつ》が消える。

こんな時、人馬一体という馬術の極意をあらためて思い出す。

セリョンが沈んでいると、タンザナイトにもそれが伝染する。いくら脚で合図しても、駆足にならない。逆に、セリョンのテンションが高い時は、リミッターを外したように速度を上げた。

タンザナイトと共に過ごす時間は、セリョン自身の精神状態を客観視できる貴重な機会であり、これがあるからこそ大統領の姪という良くも悪くも目立つプロフィールを持ちながら、それなりに仕事で成果を上げてこられたのだと考えている。


キム・セリョンにとって、障害はスマートに越えるべきものである。躊躇《ためら》いが生まれた瞬間、馬にそれを感知され、障害は障壁となって、ジャンプは失敗する。それは己のメンタルの弱さであり、それを突きつけられるとセリョンはいっそう燃える。

不可能を乗り越えなければ、女はこの国で認められないという現実がセリョンの原動力だった。幼少期から祖父に勧められた乗馬に夢中になり、十代で障害飛越の韓国チャンピオンとなったことが、彼女の揺るぎない信条を築いた。

韓国チャンピオンの地位獲得後、両親の反対を押しきって馬術の本場、ドイツで修業したのは、中途半端は敗北に等しいからだ。

お陰で、十八歳で初めてオリンピックに出場し、二十六歳で出場した三度目の五輪で入賞を果たした。

馬術は、五輪競技で唯一男女の別がない競技だ。

馬をいかに正確かつ美しく運動させることができるかを競う馬場馬術では、女性の金メダリストが多数いる。

しかし、障害飛越では、圧倒的な男性優位となっている。近年では、二〇〇八年北京五輪でアメリカ代表のビージー・マデンが銅メダルを獲得したものの、依然、女性にとっては表彰台は遠い存在である。

そんな中で、セリョンは、技術・センスともにずば抜けて優れており、デビュー戦では馬術界でもいよいよ女子が活躍する時代に突入したと大騒ぎになったほどだ。そして五輪前哨戦《ぜんしょうせん》である世界選手権で優勝してからは、東京五輪に向けて金メダルの期待が高まるばかりだった。

実家は、慶尚北道《キョンサンプクド》の大地主だから、資金はいくらでもある。良い馬に乗り、いい調教師をつけて、セリョンはひたすら乗馬に専念して、韓国に栄光をもたらせばいい。

そんな立場にもかかわらず、彼女は今、検事キャリアを大きく左右するほどの大疑獄を暴こうとしていた。

検事など辞めて、選手生活に集中してはどうか――。

今までに、様々な相手から同じことを言われた。

検事の代わりはいくらでもいるが、障害馬術で五輪金メダルを狙える選手は、セリョンしかいないからだ。

だが、検察官こそがセリョンの生涯の仕事であり、馬術は愉しみであると、明確に区別している。

残念ながら、韓国の検事の大半は腐敗している。たとえクリーンであっても、上昇志向しかないクソ野郎ばかりだ。国家のため、そして社会正義のために努めたいなどと考える者は皆無なのだ。

そんな世界をセリョンは許せなかった。ならば自分はその模範になろう――。

大富豪の令嬢であり、伯父《おじ》は大統領というセリョンを、汚いカネで買収することは不可能だ。また、彼女には、上昇志向なんてない。

政治家になんて絶対なりたいと思わないし、国情院の幹部にも興味はない。それよりも、彼女が信じる正義を貫き続けたい。

だから、この五輪出場を最後に、競技選手としては引退するつもりだ。

検事の仕事に没頭するためだ。

そんな決意を固めた時、突然、知り合いから、とんでもない情報提供を受けた。

情報を得た時には、あまりの幸運に、神に感謝した。

そう思ったのも束の間、実際に動き出した途端に壁にぶち当たった。それから三ヶ月、捜査はほとんど進んでいない。

事件が数カ国に跨がっており、その上、権力者の関与も考えられた。

五輪出場前に決着を付けようと頑張っているものの、まもなく、捜査を一時中断せざるを得なくなる。

それが悔しかった。

急《せ》いては事をし損じる。

大きなヤマほど、臆病《おくびょう》に慎重に進めるんだ。

小さな証拠を地道に積み重ねれば、必ず光明は射すものだ。


三十分は走ったろうか。

タンザナイトの速度が緩んだ。実家の全景を一望できる高台に到着したのだ。

タンザナイトを労《ねぎら》いながら、馬から下りた。

「今日はほんときれいな朝だね、タンちゃん。心の中まで輝きそう」

声を掛けてやると、タンザナイトは嬉《うれ》しそうにぶるぶると鼻を鳴らした。

その時、空気を切るような音と同時に、近くの木の幹が抉《えぐ》れた。

何⁉

セリョンは咄嗟《とっさ》に身を低くして構えた。木の幹は熊の手で裂いたように、木肌が露出している。次の瞬間、その幹が粉砕した。

それが、何かを確かめる必要はない。

弾丸に違いなかった。

# 7

「藤田《ふじた》、ちょっと来い。署長がお呼びだ」

巡回からもどってきたばかりの藤田陽介《ようすけ》に、課長が声を掛けてきた。

「なんすか、それ。自分、お叱りを受けるようなことは」

「黙ってついてこい。それから署長室に行く前にトイレで顔を洗って、さっぱりしてこい。それと歪《ゆが》んだネクタイも直せ」

一体、自分は何をやらかしたんだ。

洗面所の鏡に映った己の顔に問いかけた。

覚えがない。署長とのご対面なんて、一年半前に着任した時以来か。

勢いよく出した水で何度も顔を洗ううちに、半年前にも署長に呼び出されたのを思い出した。警視庁内の射撃競技会で、藤田が優勝した時で、直々に金一封を戴いた。五輪出場も期待されたが、全日本選手権では四位に終わって、候補からはずれてしまった。

――つまりお褒めいただくようなことは何もしていない。

あれこれ考えても仕方ないと割り切り、藤田はネクタイの歪みを直して、トイレから出た。

「お待たせ致しました。藤田陽介巡査部長、準備完了です！」

「女みたいに準備に時間がかかるんだな、おまえ」

トイレの外で待っていた課長に嫌みを言われた。

「今の発言、セクハラっすよ」

課長はそれに答えず、さっさと階段を上がって行った。

「いやあ、呼び出して悪かったね。課長から伝達してもらっても良かったんだが、私から伝えたくてね」

署長室を訪ねると、大歓迎された。少なくともお叱りではないようだ。

「恐縮です！」

「来週から、君は警視庁警備部警護課第五係に異動となる」

遂に、念願の部署からお呼びが掛かった。

「恐縮です！」

「つまり、SPだな。君の異動先である第五係は、外国要人警護と機動警護担当だ。すなわち、東京オリンピックに対応した増員の一人として活躍してもらうことになる」

「恐縮です！」

「おい、藤田、その言葉しか知らないのか。もっとちゃんとお礼を申し上げろ。今回の異動は、署長の強いご推挙のお陰なんだ」

署長の前では余計なことはしゃべるなと、釘を刺したくせに。

「残念ながら、君が選手として大会で活躍する姿は見られないが、代わりに警察官として日の丸を背負ってもらうことになる。期待しているよ」

「恐縮です！　署長のご期待に沿えるよう、粉骨砕身頑張ります」

藤田は、喜びが伝わるように力を込めて敬礼をした。

# 8

「では、間違いなく、プリンセスはCPの捜査から外れたんだな」

ソウルの江南地区にある高級寿司《すし》店の個室で、ジョンミンは、国情院次長のキム・インスと会っていた。ソウル大学の大先輩であるキムに酒を注がれて、ジョンミンは恐縮しながらひと息に飲み干した。

個室とはいえ、話の内容がデリケートなだけに、固有名詞は憚《はばか》られた。プリンセスとはセリョンを指し、CPとは韓国大統領を示す鳳凰《チャイニーズフェニックス》の頭文字だ。

「特捜部長にも確認しましたので、間違いありません」

「そうあってほしいな」

キム次長の鋭い視線がこちらに向けられる。ネズミを見据える蛇のような視線だ。

「プリンセスは納得しているのか？」

「はい。少しは身の程を知ったのだと思います。いずれにしても、来週から休職して五輪に向けたトレーニングに専念します。半月後には日本に向かいます」

「なあ、ジョンミンよ。私が、君にどれぐらい目を掛けているのかは知っているな」

「もちろんです。私にとってキム院長は人生の師であり、目標でありますから」

国情院長を狙っているキムは、「院長」と持ち上げられても陰険そうな表情を変えない。

「それが分かっていればいい。だとすれば、誰よりも早く、おまえが知った情報が私の耳に届くべきだな」

「心得ております」

ジョンミンは、テーブルに両手をついて頭を下げた。厄介な国だ。未《いま》だに封建社会が連綿と続いている。こんな国は、誰が見ても先進国じゃないし、ライバル日本には勝てない。

「大統領も、おまえの頑張りに期待しておられる」

「大統領が、ですか」

「当然だろ。君という心強い助っ人《と》の存在を、私が、大統領にお伝えしたんだ」

「ありがとうございます！」

実際のところは、東京での大会期間のみ捜査を中断するだけだ。お祭りが終わった後、再度大統領への疑惑捜査を再開する——と、部長は明言している。しかも、その時の捜査主任は、セリョンに代わってジョンミンが務める。それだけは口が割けても言えない。

「ところで、私は、マムシのようなノ・ホジンが苦手だ。一度食らいついたら、相手を倒すまで放さない。ガードも固い。何とか、排除できないものかね」

ノ・ホジン特捜部長がマムシなら、目の前にいる男はマングースかオオカミだ。いずれも敵に回せば、面倒なことになる。

「彼を失脚させるのですか」

険しい一睨みが返ってきた。

「失礼しました。そうですね」

スキャンダルのネタを出すべきなのは分かっている。だが、キム次長が言う通り、ノ部長には隙がない。賄賂《わいろ》になるからと、コーヒー一杯すらおごられることを嫌うし、女性問題が噂に上ったこともない。

前門のオオカミ、後門のマムシ――。

どちらに身を寄せれば生き残れるのだろう。

セリョンと仕事以外の接触がなくなり、ジョンミンの心に大きな空洞ができた。だから、ノ特捜部長から受けた大統領の不正疑惑解明に情熱を注ごうとした。その矢先に、ジョンミンに目をかけてくれていた国情院のナンバー2からのお誘いが来たのだ。

検察官としての栄達か、権力中枢への道か。

その選択に迫られている。

これまでなら、巧みに両立させて、結果を出しただろうし、その自信もあった。だが、与えられるミッションのレベルが上がったことで、そろそろ身の処し方を決断しなければならなくなっている。

それに、大きな成果を上げて、セリョンを見返してやりたい。

「もう一度尋ねるが、私に報告すべき情報はそれで全てか」

オオカミの目が睨んでいる。

「はい、以上です」

「プリンセスが、ご実家で狙撃《そげき》されたという情報を、おまえは知らないのか」

9

「さっさと撤去しろ！　いつまでぐずぐずやってるんだ」

また、その話か……。

官房長官の大森素平《おおもりそっぺい》は、うんざりした。総理が怒っているのは、国立競技場前に性奴隷像が出現して一ヶ月が経過するのに、未だに撤去の目処《めど》が立たないからだ。

理由は既に、何十回も説明した。設置場所が私有地で、官邸といえども簡単には手が出せないのだ。地主についてはなりすましの可能性が高いのだが、それが裏付けられない限り、警察も動けない。

総理は、何度も韓国政府を攻撃するが、韓国側は「我が国は一切関知していない」の一点張りだ。

「総理、もうあの問題は捨て置きましょう。既にメディアでも話題にならなくなったのですから」

「何だと。そういう弱腰な態度だと、あいつらはつけ上がるんだよ。世界中の注目を浴びる五輪会場の正面に我が国の恥をさらしておけというのか。これは名誉の問題なんだぞ！　ダンプカーでも突っ込ませて、ぶっつぶせ」

「今のお言葉は聞こえなかったことに致します。どうか、大所高所に立ってご判断ください」

何かが壊れる音がした。マグカップを壁に投げつけたのだ。気に入らないことがあると、何でもかんでも壁に投げつける。

投擲《とうてき》の犠牲になりそうな絵や写真は取り外しているが、この癖も、いつまで隠し通せるか。

「総理、それよりも再来週に迫った日米首脳会談に集中致しましょう」

アメリカからは、無理難題が次々と提示されている。今回の会談で最も重要な課題は、在日米軍の駐留経費についてだ。

就任以降、「日本に軍隊がないのは、俺たちが守ってやっているからだ。その恩恵に対する敬意として、在日米軍に関わる費用を全額負担せよ」と言い続けている米国大統領が、さらに一歩踏み込んできた。

曰《いわ》く、当方からの要請が受け入れられないなら、米軍基地の縮小を検討する——。

北朝鮮によるミサイル攻撃リスクだけでなく、今なお軍拡が続く中国の脅威があるだけに、そんな発言は脅しに過ぎないというのが、官邸と外務省の見解だった。だが相手ている。

は、「日本から撤退したら韓国に基地を増やすだけだ」と、Twitter上で発言し

「その件については、まかせてくれ。俺とサミーは、親友だぜ。アジアの友人の中で唯一信用できるのは、守和《モリー》だけだと言ってくれてるんだ。在日米軍駐留経費負担増も、我が国の防衛費倍増発言も、みな自国のうるさ型を黙らせるための方便なんだ。気にする必要はない」

だが、官房長官お抱えの複数の情報源からは「今回は、本気で在日米軍問題にてこ入れをするつもりのようだ」という報告が入っている。

さらに、防衛費の増額も相当な強気で訴えてくるらしい。増えた分で、自国の武器を買わせる腹づもりだ。

「ご承知の通り、米国は複雑です。時に大統領の思惑と異なる事態も起きます。万が一を考えて、在日米軍の負担増の対策案を作成しております。明日午前十一時より、関係各方面とのミーティングを行いますので、よろしくお願い致します」

「まあ、あなたがそこまで言うなら、従うよ。なあ、くどいようだが、ダンプカーはなんとかならないかな」

「もう一つ、NSCの嶋津《しまづ》国家安全保障局長より要請があります。東京五輪期間中のテロ対策について、関係国から強化を求める声が高まっており、警備要員を増加してほしいとのことです」

「大森さん、この国でテロなんて起きると思うかね？」

起きない理由は、何一つない。

「起きないことを願っていますが、用心に越したことはありません」

「あなたの心配性は癖みたいなものだからな。いいでしょう、任せます」

テロに直面した時は、こういうタイプが誰よりも慌てふためくんだ、と思いながら、大森は総理執務室を辞した。

# 第二章　狙われた女

## 1

東京オリンピック障害馬術まで一ヶ月を切った——。

セリョンは愛馬タンザナイトを連れて夕刻、厩舎《きゅうしゃ》を出た。

競技時刻が夜間になるため、日本でのトレーニングはその時間帯でおこなっている。

ナショナルチームより一足早く日本入りしたセリョンは、祖父の友人が保有する軽井《かるい》沢《ざわ》の乗馬クラブで練習に専念していた。

セリョンはタンザナイトの首を軽く叩《たた》いて「行くわよ」と声をかけた。タンザナイトが応《こた》えるように首を振る。

浅間《あさま》山麓《さんろく》の緩やかな丘に広がる軽井沢ブルーメ乗馬倶楽部《くらぶ》は、乗馬の盛んな欧米並みのトレーニングができるようにと設計されている。

そもそも馬術競技は、生半可な財力では競技への参加すらままならない。

まず、カネがなければ、乗る馬を手に入れられないからだ。「勝敗の七割は、馬次第」と言われるほど、馬選びが重要で、メダルを狙う騎手《ライダー》たちの馬の価格は、三〇億ウォン（約三億円）から五〇億ウォン（約五億円）はする。しかも、馬が現役で活躍できるのは平均四、五年のため、五輪に出場するごとに、馬を調達する費用が必要になる。さらに、馬を管理する厩舎や厩務員、調教師などの費用も莫大《ばくだい》だった。

セリョンの祖父は慶尚北道の大地主で、韓国有数の鉄鋼メーカーのオーナーでもあった。そして彼が道楽で乗馬クラブを保有していたことが、セリョンと馬術の出会いとなった。

ドイツでの馬術修業も選手としてのヨーロッパ転戦も、祖父の財力と人脈に頼っている。軽井沢にも何度も来ていた。

ブルーメ乗馬倶楽部のクロスカントリーコースは白樺林に囲まれており、雄大な浅間山が望めるという贅沢《ぜいたく》なコースだ。

ソウルよりも湿度が高くなる日本の夏は苦手だが、軽井沢だけは別だ。

タンザナイトも気持ち良いらしく、四肢が躍動している。

こんな時間がずっと続くのを幸せというのかも知れない。

だが、人馬一体の喜びは突然断ち切られた。林の中からいきなり人が飛び出して来て、タンザナイトの前で両手を広げた。

驚いたタンザナイトが急停止し、前脚を上げた。

「ちょっと！　危ないでしょう」

タンザナイトを抑えながら思わずセリョンが怒鳴ると、男はいきなり銃のようなものを向けて引き金を引いた。「あ」と思った時には、落馬していた。

「非国民め！　恥を知れ！」と韓国語で叫んだ男は何かを投げつけて、林の中に走り去った。

ボディガードが、セリョンに駆け寄った。一人が地面にうずくまったセリョンをかかえ上げる。もう一人は、激しく二本足立ちを続けるタンザナイトを宥《なだ》めた。

さほど遠くないところでオートバイのエンジン音がした。

立ち上がってみると、シャツが赤く染まっている。血ではなく赤い塗料だった。その横に封筒が落ちていた。男が投げたのはこれか。開封すると、ハングル文字が目に飛び込んできた。

〝バカな真似は止めろ。

おまえがやろうとしていることは、国家を危うくする売国行為だ。恥を知れ！

警告はこれが最後だ。次は、おまえか馬を殺す！〟

## 2

警視庁の道場で朝一番の乱取りを終えただけなのに、藤田は既に汗だくになっていた。窓という窓を全開にしているのに、風がないから道場はまるでサウナだった。

「おはようございます！」

一斉に声があがる。師範と師範代が入ってきたのだ。

師範の冴木治郎《じろう》六段は眠そうだ。小柄なうえに頭が大きく手足が短いという寸詰まりの体型でとても武道家には見えない。一方の師範代で冴木の娘、怜は長身でいかにも有段者らしい体つきで全く隙がない。

二人は、本当の父娘《おやこ》ではないと聞いたことがあるが、確かに外見は似ても似つかない。

「今日から十四名の新顔が加わった。そこで、この機会にあらためて、合気道とは何かを共に考えたい」

酒で嗄《しわが》れた声で、冴木が宣言する。

「おい陽介、前へ」

今日の犠牲者も、また俺か。

「はい！」と腹から声を出して、藤田は、師範の前に立った。二人の身長差は二十五センチ以上ある。

「合気道の極意とは何か」

「気合いです！」

そう言って師範に挑んだ。次の瞬間、体が宙に舞った。再度挑むと、師範が目の前で屈《かが》んだ。次の瞬間、体ごと投げられて背中から床に打ちつけられていた。起きあがる間もなく右手を取られてねじ伏せられた。

降参すると、すぐに技は解かれた。

「陽介、合気道の極意とは、何か」

「呼吸力です」

「だな。おまえのような大男が、二日酔いの年寄りに、いとも簡単にねじ伏せられる。小よく大を制す──。この極意を身につければ、諸君はいかなる時も自らの命を守ることができる。また、命に代えても守らなければならない要人を、安全に警護できる。女性警官諸君にとっても、合気道の技は、日常勤務の大きな助けになる」

それを合図に怜が前に出る。レスラーのような体格の先輩が相手になった。

彼が襲いかかってくるのを、怜は姿勢を変えただけで、かわした。そして容赦なく相手を投げ飛ばしてしまった。大男があっさりと降参する。

父親に勝るとも劣らない達人だった。

「このように、老人でも女性でも相手の力を利用して、しかも傷つけることなく動きを封じられる。それが、この警視庁の道場で君らが学ぶべきことだ」

その後、新人らが自己紹介して、型の稽古《けいこ》が始まった。

得意な射撃と比べると、今ひとつ自信が持てない合気道だが、SPになるためには必修科目だった。藤田も必死に鍛錬に励み、黒帯を手にした。

「陽介、いよいよ警護課に異動したそうじゃないか」

稽古の合間に、師範が声を掛けてきた。珍しいことだ。

「恐縮です！」

「オリンピックが近いこのタイミングでの異動は、期待の表れだな」

「恐縮です！」

師範が藤田の肩にさりげなく手を置く。しまったと思った時には、床に転がっていた。

「おまえは闘争心は人一倍あるが、一歩引いて受けて立つことが下手だ。ＳＰに必要なのは、〝対すれば相和す〟の心だ。相手の敵意を削《そ》いでしまうほど泰然自若としていなければならない。射撃の発想は忘れろ」藤田を引き起しながら、言う。

普段は冗談ばかり言っている師範が、真剣な顔をしていた。

「殺気を消せ」

重い言葉だった。

「ありがとうございます！　精進します！」

「頑張れ」と背中を叩かれた。礼をしようとしたら、また、体が宙を舞った。

3

「師範、少しお時間よろしいでしょうか」

合気道の朝練が終わり、皆が道場を後にする中、捜査一課庶務係の警部補、田辺《たなべ》が冴木に声を掛けてきた。

ご依頼の件で、というので師範控え室で話を聞くことにした。

「米国女性将校殺害事件の資料をお持ちしました」

「ずいぶんと薄いな」

「捜査三日目にして、公安にぶんどられましたもので」

やはりそうか……。

冴木は鞄《かばん》から老眼鏡を取り出すと、ファイルの中を検《あらた》めた。

殺されたレイチェル・バーンズの死体検案書と初動捜査の概要が記されているだけだ。

死因は、失血死。全身に二十九ヵ所の刺し傷があり、手錠のようなもので拘束されていた痕《あと》もあったようだ。そして、死後に舌を切断した上で、口中に押し戻した。

拷問によるものか、性的嗜好《しこう》なのかは不明とある。

「これはどう見ても、拷問だろ。なぜ、ＳＭプレイなんぞに言及されているんだ」

「この女将校には、毎週男を買っていたという噂がありまして。なので、危ないプレイをしていたかも知れないという想像が働いたようです」

生真面目な田辺が説明すると、危ないプレイという表現が、如何《いか》にも不道徳に響く。

証明写真を見る限り、バーンズ中佐は軍人というよりも、大学の研究者か政府職員のようだ。

「彼女が、日本でどんな任務に就いていたのかは分からないのかな」

「すみません。自分は、事件に直接関与しておりませんので。詳しいことは、捜査主任の中村係長にお尋ね戴《いただ》く方がよろしいかと」

「中村二段が担当なのか？」

捜査一課第四係の係長中村は、熱心に通っていた弟子の一人だったが、四年前に容疑者に腹を刺されてから、道場に姿を見せなくなった。

「普段は温厚な中村係長が、珍しく公安部長に激しく抗議したそうです。殺人事件の捜査を公安が妨害するなんて、警察の恥だとまで」

冴木の記憶にある中村像も、我慢強い昔気質《かたぎ》のデカだ。

「よし、じゃあ、中村二段に会ってみるよ。今は別の帳場に割り振られたのかな？」

「確か今週は、休暇を取っているはずです」

珍しいな。休日を使って独自で捜査を続けるつもりか……。

「中村二段の住所は、分かるかな」

「ファイルの最後に書いておきました。それと、これはコピーですので返却不要です」

律儀な田辺は、献身的に冴木に尽くす。

田辺の娘が非行に走ったのを、冴木が救い出し、薬物依存症の名医を紹介した。

それに恩義を感じていて、冴木が頼めば捜査一課内での事件ファイルを提供してくれる。

「そう言えば、腰の調子はどうだ？」

座り仕事が長い田辺は、座骨神経痛を患っていた。

「師範に教えていただいたトレーニング法で、かなり良くなってきました。この調子で、根気よく続けます」

田辺が敬礼をして部屋を出て行ったのと入れ替わりに、怜が入ってきた。

道着から、普段着に着替えていた。

九年前に冴木の養女となった怜は、北朝鮮エージェントの忘れ形見だった。彼女の父親は、日本中に配下を置き、拉致《らち》活動から西洋諸国の駐日大使館員を巻き込んだ諜報《ちょうほう》活動までを行っていた。諜報の世界では伝説的存在だったが、実体がまったく摑《つか》めないことから〝煙〟と呼ばれていた。

冴木は〝煙〟を十数年に亘《わた》って追い続けた。そして、都立高校の冴《さ》えない国語教師として働いていたところを逮捕したのだ。

逮捕後すぐに〝煙〟は亡命を求めたが、日本政府は認めなかった。そこで、冴木は、二重スパイとして生きることを提案した。

対価は、〝煙〟の一人娘である怜の将来の保障だった。「俺が命に代えても、娘は守る。だから、暫《しばら》くの間、俺たちに協力してくれ」と言って、渋る〝煙〟を説き伏せた。

五年という期限付きで二重スパイを引き受けた彼は、任期満了したその翌日に自宅で惨殺された。

命の危険を察していた〝煙〟は、冴木宅で怜を預かって欲しいと強く求めていた。おかげで怜は生きながらえた。

十三歳の怜は天涯孤独となった。もちろん、父の本当の任務も知らない。だが、ある日、「みんなウソつきだ」という置き手紙を残して、冴木の自宅から消えた。

三年後、怜が平壌《ピョンヤン》でスパイ教育を受けているという情報が飛び込んできた。

しかし、いくら調べても、事実確認すらできなかった。当時の冴木は閑職に追いやられていたが、意地でも内調を辞めなかった。現職に留《とど》まれば、怜の情報を手に入れる方法があると信じていた。

その頃から、非合法な活動をしている中国人や北朝鮮人、さらには韓国やロシアの怪しげな連中とのネットワークが生まれた。

怜が消えて七年が経った頃だった。定年退職の時が迫っていたある雨の夜、冴木の自宅のドアの前に、女がうずくまっていた。

冴木は一目見て、それが怜だと分かった。

その日以来、彼女は何事もなかったかのように、再び冴木と暮らすようになった。七年間、どこで何をしていたのかを怜は話さない。そして、冴木も聞かなかった。

冴木には妻もいたし、子どももいたが、はるか過去に離別していた。つまり、今では、怜がただ一人の娘だった。

定年退職の日、冴木は怜を連れて故郷の新潟に戻った。一切合財を捨てて、自給自足で静かに暮らそうと考えたのだ。しかし現実は甘くなく、農業はさっぱり身につかなかったが、怜との生活は充実していた。

ある時、冴木が恐る恐る養女の話を切り出したら、即答で、受け入れてくれた。

合気道を習いたいと言い出したのもその頃だ。

怜は、あっと言う間に合気道の要諦《ようてい》である呼吸力の意味を体得した。尤《もっと》も、彼女を指南しながら怜が失踪《しっそう》していた期間、明らかに肉体的鍛錬を受けていたことは、すぐにわかった。

さらに、彼女は日本語と朝鮮語以外に、中国語、英語も堪能《たんのう》だった。また、IT関係にも明るく、プログラミングの技術も持っていた。

北朝鮮でスパイ養成教育を受けているらしい――という古い噂を思い出したが、諜報界を引退した冴木にとって、もはやどうでもいい話だった。

田舎暮らしの理想と現実に悩んでいた頃、怜が突然「東京で暮らそうよ。この町では生きていけないよ」と言い出した。

怜に背中を押されるようにして東京に舞い戻ると、冴木は情報商社を立ち上げた。すると怜は彼女自ら東奔西走して瞬く間に、冴木のネットワークを再構築してしまった。

しかも時折、冴木すら面識のないような人々からも情報を取ってくる。

怜の正体を知りたいと思ったことはない。

怜が手に入れた情報を、誰に渡そうと気にもしなかった。それより、怜の未来だけが心配だった。

既に、二十九歳になる――。

「あっ、また黄昏《たそが》れてる。それともボケた?」

「安心しろ、おまえにいい相手が見つかるまでは、俺はボケない」

冴木は薄くなった頭を撫《な》でて答えた。

「じゃあ、一生ボケずに頑張って。私、結婚なんてしない」

「そうか。じゃあこの女性について調べてくれないか」

田辺から渡されたファイルごと、怜に渡した。

「この前ホテルで男を買った挙げ句、惨殺された可哀想な女軍人ね」

もう少し、女性らしい言葉遣いをして欲しいのだが、怜にその気は全くない。

「事件発生三日で、公安がしゃしゃり出てきて、取り上げたそうだ」

「面倒そうね。なのに首をつっこみたいのは、なぜ?」

「バーンズ中佐は拷問されて殺された。その上、舌を切られて口中に押し込まれていた。これは密告者への制裁を意味する。そして、俺たちが調べている事案の中にも、惨殺された挙げ句、米国大使館前に棄てられたホストがいたろ」

「ウルフね。そうか、彼と繋《つな》がるかもって、考えたわけだ」

確証があるわけではない。そもそもバーンズ中佐のお相手が、どういう男だったのかという情報も掴めていない。

だが、いくら掘っても、コ・ヘスやウルフの殺害の端緒が掴めずにいる時に、細い糸を見つけたのだ。調べないわけにはいかない。

「捜査主任って中村二段よね。話を聞かないの？」

「それは俺がやる。彼は今、有給休暇中だそうだ。俺の勘では、独自で捜査を続けている気がする」

「オッケー。じゃあ、私はこの軍人さんの経歴や生活、交友関係などを洗えばいいのね」

「特に、彼女の仕事の内容が知りたいんだが。米軍に知り合いは？」

「それなりにいるよ。彼女と同じ職場で働いている人物にもツテがある。それより、いつになったら和尚に会いに行くの」

何となく日延べしていた相手だ。

「今日の午後にでも、碁会所に行ってみる」

「そう言えば、韓国の馬術の金メダル候補が脅迫されているって話を知ってる？」

4

セリョンは計画通りにトレーニングメニューをこなしていた。あの程度の脅迫に屈するようでは、そもそも検事失格だ。

とはいえ、セリョンの周囲は騒がしくなった。まず、事件時に付いていたボディガードは、即刻馘首《かくしゅ》され、代わりに祖父の友人が、ＶＩＰの警備を専門に行う会社に警護を依頼した。さっそく前後左右に警護がぴったりと付いたのだが、それでは、練習に集中できない。毎日のように警護態勢が見直された。

さらに大袈裟《おおげさ》だったのが、セリョンの伯父《おじ》である韓国大統領、チェ・ジェホの言動だった。メディアに対しては徹底した報道管制を敷いたが、「韓国の至宝を全力で守る」と宣言、ソウル地方警察庁本部から、警護課員の派遣を決定すると共に、日本政府に対しても姪《めい》の警護を強く依頼していた。

「性奴隷像」の問題では対立していた日韓両国だが、総理の命を受けた官房長官は、警視庁のSPを特別に派遣すると青瓦台に連絡してきた。

明日にも、日韓双方の精鋭が、合宿所に来るらしい。

そんな雑音を振り切るように、セリョンはトレーニングに励んだ。

障害馬術の基本は、リズムとバランス、そしてインパルジョンだ。これは後肢の瞬発力のことで、馬の飛越の成否は、インパルジョンに懸かっている。

そしてタンザナイトは、インパルジョンに秀でていた。

五輪の障害馬術には馬齢制限があり、九歳未満の馬には騎乗できない。若馬が覇を競う競馬とは明らかに異なる〝大人の競技〟だ。十四歳のタンザナイトは、まさにピークを迎えていた。

跳躍力に優れ、馬体も大きいため体力もあるのだが、やや繊細さに欠ける。また、精神的にむらがあり、時に雑な飛越をする。

その上、セリョンに似て闘争心を剝《む》き出しにするため、勢い余って障害の踏切地点が近すぎて失敗することがあった。そのため、並大抵の集中力だとタンザナイトに振り回されるだけになる。

障害を飛越する直前、ライダーは馬が軽快かつ自由に跳躍できるように「馬の口をリリースする」ことが求められる。

尤も、その塩梅《あんばい》が難しくて、必要以上に口をリリースしてしまうと、制御が利かなくなる。制御方法は幾通りもあるが、馬銜《はみ》の扱いと弛緩《しかん》のタイミングを追究することがメダルへ近づくためには必要だった。

ソウルで仕事漬けの日々が続いたため、セリョンは合宿で、その感覚を取り戻そうとしていた。

韓国から同行してきた専属厩務員のミンシクが、トレーニングの様子を眺めている。

「まだ、硬いです」

垂直障害を何度か飛んだ後の休憩で、ミンシクは容赦なく指摘した。

「分かってる」

「今日は、お休みした方がよろしいのでは」

「何で？　感覚を取り戻したいのよ」

「いや、一日休みましょう。タンザナイトも、ちょっとバテてますし」

コーチが加勢した。

愛馬をさすってやると汗をかいている。

そんなことも見落としていた自分が恥ずかしくなった。

「クロスカントリーにある小川で、タンを水浴びさせるわ」

そう言ってタンザナイトと並んで歩きだすと、乗馬ズボンのポケットに放り込んであったスマートフォンが振動した。

日本の仕事仲間からのメールだった。

〝重大な情報が手に入りました。明日の夜にでも、そちらに遊びに行かせてください〟

5

多趣味な和仁の日常は忙しい。水曜日の午後は、碁会所でヘボ碁を打つと決めている。

自宅からほど近い碁会所は、高齢の常連が幅を利かせており、まるで老人クラブだ。

もちろん和仁もその一人だ。

「やあ、御主様《おすさん》、今日は重役出勤だな」

碁会所の大ボスである元中学校校長が冷やかしてきた。朝礼台の上から生徒に話すような態度が抜けない。

「いやあ、暑いなあ」と扇子を忙《せわ》しなく動かしながら、和仁は対戦相手を探した。和仁は常連の中では、最強だった。そのため、五段の師匠と烏鷺《うろ》を囲むことが多い。師匠は、若い女性と打っていた。しかも、始まったばかりのようだ。

相手がいないのは、元校長だけだ。

このオヤジは俺とは打たんだろうしなあ。

負けず嫌いの性格のため、勝てない相手とは絶対に碁を打とうとしない。

対戦相手が来るのを待つしかなさそうだ。和仁は開襟シャツのボタンを一つ外して、扇子で風を送り込んだ。墨染衣《すみぞめごろも》が嫌いなせいか、普段着は、いつも上から下まで白ずくめだ。

提げてきたポーチからコンビニで買った週刊誌を取り出した。

東京五輪のメインスタジアム前に忽然《こつぜん》と出現した「性奴隷像」関連の特集記事を読む。

韓国もバカなことしたものだ。なにも、こんな時に、日本人の感情を逆なでしなくとも良いものを。

週刊誌は、韓国とチェ大統領に対して罵詈《ばり》雑言をぶつけていた。

北朝鮮のミサイル攻撃危機がより深刻になっているにも拘《かか》わらず、太陽政策などという融和主義を崩さないチェには、既に韓国国民からも批判の声が上がっている。

「自らの窮状を脱する手立てとして、浅薄な猿智恵《ぢえ》を働かせたのが、メインスタジアム前の性奴隷像だった」と週刊誌は断言している。

だが、韓国政府はもちろん従軍慰安婦問題に関する活動を続けている全ての団体が設置を否定していると、大統領は強く主張している。挙げ句が、韓国を非難するために、日本人の右翼団体が仕組んだに違いないとまで言う始末だ。

どうしようもないバカだな、チェは。

だが週刊誌は、日本政府にも容赦しなかった。屈辱的な挑発をされながら、像を撤去しない現政権は、威勢はいいが、行動力ゼロの無能と叩いている。

「一局、よろしいですか」

雑誌から目を上げると、黒のポロシャツに黒いジーパン姿という見るからに暑苦しい男が目の前にいた。

「喜んで」

黒服の相手は、当然のように黒石を選んだ。

これじゃあサギとカラスだな。

カラスは、間断なく石を置いていく。拙速のようで、戦略的かつ挑発的な手だ。一方、和仁は相手の誘いに乗らず、受け流すように石を置いた。

「相変わらず、堅実だな」

「そちらも相変わらず攻めが好きだな。『北斗の拳《けん》』のケンシロウじゃあるまいし。いい加減、疲れないのか」

カラスは手にしていた碁石を碁笥《け》に戻すと、タバコをくわえて旨《うま》そうに煙を吸い込んだ。

「韓国は、何を考えてるんだろうな」

「まったく、バカげたことをしたもんだ。あんなことで評判を落とす必要もあるまいに」

「あれは〝南〟の仕業じゃない。だから自国の身の潔白を、もっと誠意を込めて訴えるべきなんだ」

カラス――冴木治郎が残念そうに言った。この男とのつきあいは、もう二十年以上、いや三十年を超えたか……。とぼけた顔とがさつな行動の裏に、策士の強《したた》かで冷酷な本質が眠っている。和仁の素性も知っているし、抱える工作員についても詳しい。持ちつ持たれつで情報を交換してきた。

ただし和仁の行動が敵対的だと判断されたら、容赦なく潰されるだろう。

「本当に韓国が潔白だとしても日本人は誰も信じないだろ？」

「だから愚かだというのだ。日本政府が撤去できないのなら、韓国政府が軽トラを突っ込ませればいいんだ。何も、五輪参加国からの嘲笑《ちょうしょう》を、両国揃って仲良く浴びる必要もない」

「そんな話をしにきたのか」

待ち合わせをしたわけではない。だが、冴木が和仁に会いたい時は、水曜日はここに来る。

「いや、おたくの国の愚行の真意を、質《ただ》しに来たのさ」

「多すぎて、何の話だか分からんよ」

「ファン、コ、パク。次々にあんたの駒が消えた。粛清としか思えんな」

「そんな必要があるのか」

「それを聞きに来たんだよ」

冴木が、さらに攻撃的に石を置いた。

「じゃあ、お門違いだ。俺だって驚いているんだ。現在鋭意調査中だ」

「遂にアメリカと本気で戦争するのか」

どうやら、冴木は俺の話をまったく信じていないようだ。しかも、質問の筋は的確と来ている。目の前で打つ黒石同様、容赦がない。

「祖国は、常に世界と闘っているよ」

「だから米陸軍国際技術センター・太平洋の主任研究員を取り込もうとしたのか」

低い声と石を打つ音がほぼ同時に和仁の耳を打った。

「誰の話をしている？」

「美人のレイチェルちゃんと、女たらしのウルフの話だ」

「悪い薬でも飲んだのか。今日のあんたの話は、支離滅裂だぞ」

「まったくな。この事件は本当に支離滅裂だ。だが、日本政府はこの事態を心配している。五輪開催は目前だというのに、性奴隷像の騒ぎもある。だから、本当のところを教えてくれよ」

「ちょっと表に出ないか」

周囲の視線が気になって、和仁は立ち上がった。

「そうか、冷たいもんを奢《おご》ってくれるのか。さすが徳の高い方は、慈悲深い」

聞こえよがしに言って冴木は立ち上がり、さっさと碁会所を出た。向かいに酒屋があり、数台の自動販売機が並んでいた。コーラを二本買って、一本を冴木に差し出した。

少し先の児童公園まで歩いてベンチに座った。

「正直、俺も途方に暮れている」

「オッケー、じゃあお互い正直にいこう。おたくらはレイチェル・バーンズの何を狙っていた？」

「この数ヶ月、ファンとは接触していなかった。そもそも俺の許可なしにファンが米軍将校に接触するなんてあってはならないんだ。知っての通り、このところ俺たちの活動は、ほぼ休眠状態なんだ。資金も途絶えている。だから、小遣い稼ぎをしていたんじゃないだろうか」

冴木が鼻で笑った。

「レイチェルと接触していたところまでは摑んでいるわけだな」

「冴木さん、そういう引っかけはなしだ。本当に何も知らないんだ。ただ、ファンはイケメンな上に、床上手だった。外国人女性の上客もいたし、そのうちの一人だったのかも」

「その上客を、なぜファンが殺したんだ」

「拷問された遺体が二つなら、両方とも被害者と考えるべきでは」

和仁には、そうとしか返しようがない。

「そういう考え方もできるな。じゃあ、誰が二人を拷問して殺したんだ」

俺もそれが知りたいんだよ、冴木さん。

足下に軟球が転がってきた。和仁が拾って、ボールを追いかけてきた少年に投げてやった。

「もう一度聞く。パク、ファン、コの三人は、なぜ殺されたんだ？」

嫌な話の流れになった。

「俺も調べているが、今のところ何の手がかりも見つけられない。それにパクって誰だよ」

また、足下にボールが転がってきた。今度は冴木が足で止め、器用にボールを蹴《け》り上げて少年に返した。

「日本名、丹後義人ことパク・ヒョンデ。優秀な技術エージェントで、日本の一流メーカーを渡り歩いて、情報収集に励んでいた。こんな男が、米軍幹部を買春で脅すようなハニートラップ組と同様に殺られる理由を教えてくれ」

そこまで知っていたのか……。パクのコントロールは、和仁が単独でおこなっていた。だから、パクの活動の詳細を知っていたのは、和仁とヘスだけだ。

「なんだ、驚いているのか。俺も見くびられたものだ。日本でスパイ活動をして冴木治郎様の目から逃れられる奴なんて、一人もいないよ」

まさか。〝眠りネズミ〟が目覚めたことまでは知らないだろう。でなければ、冴木がいつも通りのやり方で和仁に会いに来るはずがない。

「パクはアルコール依存症で引退した」

「ヤバいヤミ金を含めて一〇〇〇万円以上の借金があったそうじゃないか。だから、不良たちと組んで、カネ集めを目論《もくろ》んだんじゃないのか」

一〇〇〇万円以上の借金だと！　そんな話は初めて聞く。

「借金の情報はどこから？」

それまでコーラの缶を眺めながら話していた冴木の目が、和仁に向けられた。

「知らなかったのか」

答えようがなかった。

「どうだ、共同戦線を張らないか」

冴木の意図が分からなかった。

「このヤマのキーマンは、ヘスだ。ヘスの身辺調査と、あの女が何を狙ったのかを調べてくれ。俺は、ヘスやウルフ、そしてレイチェルの捜査資料を手に入れて、容疑者の目鼻を付けてみる」

「ヘスもカネに困っていた。借金が一億円近くに膨れあがり、収入源だったヤクの密売も、本国からの調達が難しくなり、中華系ヤクザにシマを奪われかけていたんだ」

「ミサイルばっかり撃って、工作資金を削るからだ」

一言もない。

「あんたも金欠か？」

「俺は仏に仕える身だからな。贅沢は敵だ」

「カネがいるなら言えよ。ヤミ金よりは安く貸してやるから」

ふざけやがって。

「この殺人連鎖があれで終わるという保証はない。ここは、俺を頼るしかないぞ」

「いくらだ？」

「低金利でいいよ」

「借金の話じゃなくて。あんたは、今はフリーランスだろ。無料で、情報を提供するわけじゃないだろ。あんたと組んだらいくら必要になるんだ」

「安心しろ。今回は、ギブ・アンド・テイクだ」

タダより怖い物はない。しかし、和仁の懐具合も潤沢ではない。

冴木は手にしたコーラ缶を、和仁のそれに軽く当てた。

「商談成立だな。連絡方法は、いつものやり方で。連絡には怜を使う」

コーラを一気飲みして冴木が立ち上がった。

「そういえば、剛士《たけし》君が、東大文一に合格したそうじゃないか。おめでとう」

冴木から祝儀袋が渡された。

「こんなもの、受け取れないよ」

「カネはいくらあっても構わないだろう」

冴木は碁会所とは反対の方に歩き出した。

「帰るのか？　対局が途中だぞ」

「勝負はついてる。あと二十三手で俺が勝つ」

嫌みな男だ。

和仁が祝儀袋を開くと三枚の一万円札の間に、ＳＤカードが挟まっていた。

## 6

坊さんは、本当に何も摑んでいないようだ。

タバコをふかしながら冴木は、そんなことがあり得るのだろうかと自問した。

和仁は北朝鮮の工作官《コントローラー》の中ではピカイチだった。どれだけ駆逐しても、ボウフラのようにスパイを日本の要所に張り巡らせる。人情家なのが欠点だが、大胆な戦略や電光石火の行動力は、うっかりするとこちらが寝首を掻《か》かれかねないほどエグかった。

その和仁が、途方に暮れている。その上、パクやヘスという同志の死に打ちのめされているようだった。

年を取ったのか、ユ・ムンシク――。いや、奴は超人的な体力と気力の持ち主だ。やすやすと老いたりはしないだろう。むしろ、彼ですら見当がつかない複雑な事件が起きたということなのかも知れない。

大通りに出てタクシーを拾って六本木に向かった。

それにしても、あの時の奴の態度は、何だったんだろう。「日本でスパイ活動をして冴木治郎様の目から逃れられる奴なんて、一人もいないよ」と口にしたら、珍しく固まっていた。

だが、こういう違和感を無視したら、後々痛いしっぺ返しを喰らう。東京五輪をターゲットに、複数のグループがテロを仕掛けるという噂は絶えないし、世界中の人が狭い島国にひしめきあうのだから、何が起きても不思議ではない。

その時、スマートフォンが振動した。

怜からのメールだ。

〝バーンズ事件の捜査に横槍を入れたのは、早見のようだよ。捜査は打ち切ったらしい。今晩、米陸軍国際技術センターの友達と食事してくる〟

早見が暗躍しているのか。レイチェル・バーンズの身辺を叩くと、米国なり日本なりに困った埃《ほこり》が出るということだな。

その一方で奴は、北朝鮮工作員の死について調査するよう、俺に言ってきた。俺レベルならバーンズ事件を見落とすとでも思ったのか……。

どうせ米国情報機関あたりから、バーンズは触らずに、北の工作員についてのみ探れと言われているのだろう。だが、北のこととなると早見のネットワークだけでは難しい。

そこで、俺が指名されたわけか。

しかし、この二つのヤマを別々に捜査するのは、間違っている気がしてならない。

バーンズ事件の資料を出せと、早見に言ってみるか。いや、奴は事件を握り潰しただけで、その後の捜査情報をどれほど得ているか、怪しいものだ。

六本木には、焼死体で見つかったコ・ヘスが経営するホストクラブやテレクラがある。そっちに行ってみるか。有給休暇中の中村係長も、その辺りで捜査をしているかも知れない。

7

〝眠りネズミ〟との接触には、とてもオーソドックスな方法をとっていた。〝ネズミ〟が通勤で使うバス停の柱に、長さ一〇センチの麻紐《ひも》を結びつけておく。伝言ありという印だ。

それを見たら、ネズミは最寄り駅にあるトイレの個室に入る。そこにドロップボックスがあって、メッセージが入っている。それを確認したら細切れにしてトイレに流す。代わりに〝ネズミ〟は現況報告を記した暗号メモをボックスに残しておく。

それを受け取った和仁が、ネズミの携帯電話に間違い電話をかける。

「田中さんですか？　山田です」

それで、万事了解という意味になる。

追加の指示が必要な場合は、「山田さんですか、田中です」と前置きして、変更事項を伝える。

今回の追加指示では、今夜九時に〝ネズミ〟の最寄り駅構内のベンチで落ち合うことにした。普通電車しか停車しない住宅街の駅は、降車客が改札を出ると、まるで無人駅のように閑散とする。

和仁は午後八時五十分に駅に到着した。寂しいくらい人がいないが、念のためにあたりを確認してから、ベンチに陣取った。持参したカップ酒の蓋を開けて一口啜《すす》った。最近は、純米大吟醸が流行《はや》っているが、ワンカップ大関《おおぜき》に勝るものはない。しみじみそう思って、もう一口飲んだ。そして、酔いつぶれたように体をずらし、頭《こうべ》を垂れて目を閉じた。

数分後に電車が停まる音がし、大勢の客が和仁の前を通り過ぎていく。ベンチに座る者はいなかった。

電車が発車し、人の流れも途絶えた頃、缶コーヒーを手にしながら、スマートフォンで恋人とおぼしき相手とだべっている男が、和仁の隣に座った。

「変わりないか」

項垂《うなだ》れたまま和仁が声を発した。〝ネズミ〟はスマートフォンを耳に当てながら「大丈夫です」と返した。

「カラスが、おまえの存在を知ったかも知れない。気をつけろ」

「カラス?」

「日本で一番厄介な業界人だ」

「監視者の存在を感じたことは、ありませんよ」

「それならいいが、用心するに越したことはない」

そう言いながら、雑誌を二人の間に置いた。中に情報の入ったUSBメモリを挟んである。

「ところで、このまま進めて大丈夫なんですか」

和仁も首をひねるような内容だった。

「平壌に確認した。間違いない」

納得できないのか、〝ネズミ〟が押し黙る。

「とにかく言われた通りにするしかない。余計なことを考えるな」

「分かっています」

8

冴木は中村警部を捜していた。六本木のホストクラブや風俗店はもちろんのこと、レイチェル・バーンズ中佐の遺体が見つかったホテルも訪ねてみたが、そこにも来ていない。

そこで、調査員兼ハッカーの内村《うちむら》に、警視庁の中村の部下の動きを探るように命じた。

その頃には、すっかり日が暮れていた。

一時間後、麻布十番《あざぶじゅうばん》駅前の永坂更科《ながさかさらしな》本店で、鴨南蛮を流し込んでいた時に、内村から「第一弾」の情報が来た。

中村は、望月という名の直属の部下に連絡を取っていた。

内村が警視庁のサイトを軽くハッキングしたところ、望月はバーンズ中佐が勤務する米陸軍国際技術センター・太平洋に関連する過去の事件記録などを調べている。また、男娼斡旋《あっせん》組織についても、相当の時間を費やして検索していた。

その検索結果を持って、望月が中村に接触するかも知れない。そう考えて、警視庁に向かった。その途上で、捜査一課の田辺に連絡して、協力を求めた。

午後十時過ぎ、田辺からのメールがスマートフォンに来た。

〝今、部屋を出ました。正面から出てくると思います。ちなみに望月巡査部長は女です〟

几帳面な田辺は望月の顔写真を添付してくれていた。

早足で桜田門《さくらだもん》交差点に向かう。数分後、スレンダーな女性が、正面玄関に現れた。

果たして望月は中村と接触してくれるだろうか。

望月が有楽町《ゆうらくちょう》線桜田門駅の階段を下りていく。

冴木は、距離をあけて後に続いた。同じ車輛《しゃりょう》に乗り、様子を窺《うかが》った。車内は冷房が入っているとはいえ、帰宅客が持ち込んだ熱気に蒸されて、こめかみに汗が伝う。ドア脇に立っている望月もジャケットを脱いで、扇子で風を送っている。

対象者の尾行など久しぶりだったが、自分が尾行なんかされるわけがないと思っている相手だけに楽だった。

望月は市ヶ谷《いちがや》で電車を降りると、JR乗り換え口の方に進んだ。

田辺によると、彼女は高円寺《こうえんじ》に住んでいるらしい。今のところは、単なる帰宅にすぎないとも言える。

JR中央線内でも同じ車輛に乗った冴木は、夕刊紙を広げつつ観察を続けた。

新宿《しんじゅく》で望月は電車を降りた。これで帰宅という線は消えた。

いいぞ、そのまま中村のところまで連れて行ってくれよ。

大勢の乗降客でごった返すなか、見失わないように冴木は距離を詰めた。

南口改札を出た望月は、西口一帯に広がる繁華街に入った。チェーンの居酒屋やラーメン店などが軒を並べ、深夜近くでも、ネオンが煌々《こうこう》とついている。人の流れは駅に向かっていて、それに逆らうように進んだ。

彼女は「鳥良《とりよし》商店」という名の焼鳥店に入った。数分待ってから、冴木も店内に入った。

当たりだった。

暑い中、追いかけた甲斐《かい》があったな。

「いらっしゃい！」という声に頷《うなず》いて、入口近くのカウンター席に座る。目指す相手は、カウンターの一番奥まった場所にいた。店内はほぼ満席だから、よほどのことがない限り気づかれないだろう。

焼酎《しょうちゅう》のソーダ割りと鶏《とり》レバーの胡麻和《ごまあ》えを頼むと、二人の様子をさりげなく眺めた。

望月は鞄の中から、分厚い書類袋を取り出して、中村に見せている。

彼らが周囲の視線を警戒している様子はない。

結構。だとすれば、宴《うたげ》の邪魔はせず、終わり際に接触すればいい。

そう腹を決めると、冴木はスマートフォンのニュースサイトを開いた。気になる夕刊紙の記事があったのだ。

韓国のマドンナの安全を
日本の威信に賭《か》けてお守りする！

大げさな見出しに続く本文では、東京五輪の馬術競技で金メダルの有力候補と言われる韓国のキム・セリョン宛に、暗殺をほのめかす脅迫状が届いたことを受けて、総理が日本のSPも警護に当たると表明したと書かれていた。

あいつはアホか。これでは、日本中にキム選手に注目しろと叫んでいるようなものだ。

この国のインテリジェンスは、どんどん地に堕《お》ちていくな。

キムは、馬術の一流選手というだけではなく、ソウル中央地検特捜部に所属する検事だという。その上、チェ・ジェホ韓国大統領の姪でもある。

まるで、韓国の国民的英雄は、彼女しかいないみたいだな。

冴木は、馬術競技に詳しくはないものの、この競技には、男女別がないぐらいの知識はある。並みいる男どもをけちらして、金メダルが獲《と》れるのかに注目が集まっているらしい。

そんなキムに殺人予告の脅迫状が送りつけられたというのだから、夕刊紙が騒ぎたくなるのも当然だ。

とはいえ、政府要人でもないのに、日本のSPが警護を担当するというのは異例だった。通常なら、「裏」扱いで数人のSPが内々に警護に就くぐらいだ。

なのに、総理は堂々と警護すると発表したのだ。

ネット上には、五輪メインスタジアム前の「性奴隷像」を引き合いに出して「あんな侮辱をされているのに、日本の税金を使って韓国選手を警護するなんて！」と強烈に非難する書き込みも散見された。

五輪になど関心がないのだが、どうも今大会では政治的な衝突やトラブルの予感がぷんぷんと臭って目が離せない。

「お代わりはいかがですか」

店員に尋ねられて、グラスが空になっているのに気づいた。追加を頼むと、「一緒にタラバガニの炭火焼きは、いかがですか」と来た。隣席から漂う香ばしい匂いに誘われて、頼んでしまった。

中村と望月は、難しい顔で話し込んでいる。中村は酒をちびちびとなめているが、料理は箸《はし》が進んでいない。小一時間ほど経った頃、望月がグラスに入ったビールを飲み干した。それを機に、冴木は立ち上がった。

「なんと、中村二段じゃないか」

「これは師範！　ご無沙汰《ぶさた》しております」

中村は席を立つと、立合いの時と同じ角度で頭を下げた。そして、冴木に望月を紹介した。

「どうもどうも、合気道を教えております、冴木と申します。こんなところで会ったのも、何かの縁だ。どうです、ちょっとご一緒に」

中村は躊躇《ためら》ったが、望月は即座に立ち上がった。

「私はこれで、失礼します。係長、休暇をゆっくりお楽しみください」

上司の返事を待たず冴木に目礼して、店を出て行った。

「もしかして、お邪魔でしたかな？」

「いいえ、彼女はちょうど帰るところでした。私は時間がありますので、ぜひ、ご一献」

そこで背後から、女性店員に声をかけられた。

「お客さん、こちらの方とご一緒されるんですか」

カニと網焼き器を持っている。

中村は慌てて書類を片付けて、場所を空けた。

「隣の席で食べているのを見ていて旨そうだったんで、頼んだんだ。一緒にどうかね」

「喜んで」と返ってきたので、乾杯した。中村は焼酎の水割りを飲んでいる。もとは引き締まった体格だったのに、しばらく見ないうちに贅肉がつき、姿勢が悪くなっている。まるで冴えないサラリーマンだ。

「このところ、すっかり稽古もサボってしまっていて申し訳ありません」

「傷はどうだい？」

「おかげさまで、痛みもなく回復しているのですが、すっかり体が鈍《なま》ってしまいまして」

中村ぐらいの年齢になれば、逮捕のための格闘術ぐらいなら体が覚えている。そもそも凶悪犯と対峙《たいじ》するようなことも滅多にないのだから、無理に道場に通う必要はないのだが、彼の場合は、合気道という武道に愛着があって続けていたのだ。

「なあに、無理することはないよ。また、気が向いたらいらっしゃい」

「お言葉に甘えます。それにしても、師範がこんな店にいらっしゃるなんて驚きです。しかも、お一人で」

既に中村は、この偶然に疑問を抱いている――そう言いたげだ。

「ご推察の通り、君に用があってね」

驚く様子も見せず、中村は空になったグラスを眺めていた。

「あまり驚かないんだね」

「驚いてはいます。ただ、師範が私をお捜しらしいと、家内から聞いておりましたので」

中村の自宅を訪ねた時に、夫人が応対した。休暇を取っていると聞いたので、傷が思わしくないのかと心配で訪ねたと説明した。夫人は、夫が有給休暇を取っていたのを知らなかった。

自分の勘違いだろうと取り繕うと、夫人は苦笑いしたが、夫に連絡は入れたのだ。

「夫婦喧嘩《げんか》の因《もと》をつくっちまったかも知れん。申し訳ない」

「お詫《わ》びいただくには及びません。休んでいるのは伝えていませんが、追いかけているのが女ではなく、事件だということぐらいは察してます」

網焼き器の熱が二人の顔を火照らせている。夏の盛りに、炭火焼きなんて頼むのではなかったと後悔した。

「追いかけている事件だが、公安が横から取り上げたやつだよね。温厚な中村二段が、いつになく激高したそうじゃないか」

「さすが、師範は地獄耳ですね。腹立たしいと言うより、情けなくてですね。五輪を控えて、米国軍人の殺害事件なんて、政府として起きて欲しくないのは分かります。だからと言って、捜査を中止するというのは、いかがなものでしょうか」

政府という言葉に引っかかった。

「取り上げたのは、公安じゃないのかね？」

「内調のお偉いさんも一緒でした。あの事件に公安が関わる理由がないので問い詰めたところ、これはインテリジェンス案件だとおっしゃって」

「お偉いさんというのは、国家安全保障会議の早見審議官か」

「そこまで偉い人ではありませんでした。でも、とても高飛車な男でした」

「それで、内調のお偉いさんは、捜査を中止すると、あんたに言ったのか」

中村は、網焼き器の上に載ったカニをぼんやりと眺めている。

「ご承知のように、公安が事件を横取りする時に、説明なんてしません。しかし、後で公安の知人に捜査状況を確認したら、内調のお偉いさんに捜査無用と宣言され、資料も回収されてしまったそうです」

「じゃあ、この件を捜査している者は、今のところ一人もいないのか」

「内調に殺人《ころし》の捜査ができるとは思えません」

カニがほどよく焼けて、香ばしい匂いが漂ってきた。冴木が勧めると、中村はカニを一つ取ってから言葉を足した。

「今日一日、被害者周辺を調べてみたんですが、至る所で、米国人の二人組が聞き込みをしていることがわかりました」

## 9

部屋の中は、酷《ひど》い荒らされようだった。

和仁は部下である葬儀屋とともにコ・ヘスが上得意用に用意した西麻布の高級マンションに来ていた。ヘスに代わってビジネスを仕切っていた工作員から侵入者ありと連絡が入ったのだ。

「いつ、気づいた？」

「三時間ほど前です。部屋を使いたいという客がいて、若いもんを準備に来させたら、この有様で」

徳永雄輔《とくながゆうすけ》と名乗る工作員は三十代の在日三世で、ヘスのホストクラブで支配人を務めていた。

「二日ごとに、様子を見に来ていました。昨日の午後は、何の問題もなかったんすけど」

広いリビングとベッドルームが二部屋、そして、隠し部屋が二部屋あったが、いずれもが徹底的に捜索されていた。調度品はもちろん、壁も穴を開けられて、その裏側までチェックされている。

特に隠し部屋の荒らされようが、激しかった。ここはヘスの仕事部屋で、一つは書庫として使われていた。

「盗まれた物は？」

徳永の配下の工作員が後片付けを始めていた。リストを作りながら紛失物を確認している。

「パソコンのハードディスク、金庫、盗撮DVDが十数枚。書庫からは、ファイルがいくつか」

顧客リストや、国内外の政官財要人の乱交パーティを盗撮したDVD、ヘスがマークしていた重要ターゲットのファイルなど、盗まれて困るような物は、全て持ち去られていた。

「これ、見てください」

室内の数ヵ所に埋め込んだ隠しカメラのデータをノートパソコンで再生していた葬儀屋が、映像を示した。

八時間ほど前に現れた侵入者の様子が記録されている。体格や作業の手際の良さはプロのそれだった。

「連中を特定できる手がかりは、ないのか。これだけの人数がマンションに入ってきたら目立つだろう」

彼らが徒歩で来たとは思えない。

「地下駐車場の防犯カメラだ」

葬儀屋が工作員を一人連れて部屋を出た。

「この部屋は、もう使えないぞ。きれいにクリーニングして撤退しろ」

徳永は、素直に頷いた。

「新しく部屋を調達しますか」

「暫く様子見だな。上客用の部屋は、もう一つあるだろう。そこだけで回せ」

こうした秘密部屋は儲《もう》かるし、情報源獲得にも繋がる。高級官僚、政治家、財界人、そして芸能人などの弱みを握る機会を失うのは勿体《もったい》ない。

「店の方に変わったことはないのか」

「と思います」

返事の仕方が気に入らなかった。和仁が不機嫌なのを察して、徳永が補足した。

「すみません。この数日、体調を崩してまして、店に顔を出していないんです」

元々顔色が悪い男だ。それを除けば、体調の悪さを思わせる兆候はない。

和仁は、紛失物のチェックをしている工作員に部屋から出るように言った。

二人きりになるのを待ってから、徳永に声をかけた。

「なぜ、店に行かない」

「すみません。情けないんですが、怖いんです」

いつも適当な仕事しかしない男が、怖《お》じ気づいている。

「俺、最近、一緒に暮らしている奴がいまして。子どもができたんです」

守るものを持つと、人は弱くなる。

「つまり、命が惜しくなったのか」

徳永が頷くのを見て、思いきり脛《すね》を蹴った。激痛にうめきながら徳永は耐えている。

「そんな身勝手が、まかり通ると思うのか」

「すみません！　でも、俺、姐《ねえ》さんやウルフのようにはなりたくない」

もう一度脛を蹴った。今度は、頽《くずお》れてうめいている。

「ムン・デホ、何を隠してる。コ・ヘスやウルフの企みを知らなかったと言ったのはウソだな」

徳永はうつむいたままだ。

「葬儀屋に尋問してもらうか」

「それだけは、勘弁してください」

葬儀屋は、拷問のエキスパートだ。彼の拷問に耐えた者はいない。どうにか立ち上がった徳永は既に泣き顔だ。

「それで、何を隠している？」

「六本木のホテルで殺された米軍の女将校のことです」

「レイチェル・バーンズか」

「あの女にトラップをしかけて、ウルフと姐さんは、米軍の極秘情報を手に入れたそうです」

「そんな報告を、俺は受けてない」

「ボスには内緒で、小遣い稼ぎをやろうというので」

詳しく話せと言ってから、和仁はパイプに火を点《つ》けた。

「客に呼ばれたウルフが、相手が米軍のエリートだと知って頑張ったら、結構でかいヤマを当てたと。どうやら在日米軍内の不正を女が調査していたそうです。それを手に入れて、ひと儲けしようと」

なんと愚かな。

「俺は、姐さんに言ったんです。大佐に報告すべきだって。そしたら、こっぴどく叱られまして。もし、チクったら殺すと」

コ・ヘスなら、言いかねない。

「最近、皆カネに困っていたから、手っ取り早く稼ぎたかったんだと思います」

そして、殺されたのか……。

「その話に、パク・ヒョンデがどう絡む？」

「パク？　ああ、あのハッカーのおっさんのことですか」

なるほど、パクはハッカーとしての腕を買われて協力したのか。ようやく繋がった。

「女軍人さんだけでは足りない情報があったようで、ハッカーのおっさんが呼ばれたんです。最初は渋ってたみたいですが、おっさんがヤバいヤミ金にカネを借りていたのも、これでチャラにできるって」

そういえば冴木も同じことを言っていた。借金の話は事実だったわけか。

貧すれば鈍する――。これでは、俺は管理責任を問われて、本当に粛清されるな。

「ムン、顔を上げろ」

上げた瞬間に頰を張って、汗まみれのワイシャツの胸元を摑んだ。

「まるで他人事のように言ってるが、おまえも嚙《か》んでたんだろ」

「いえ、俺は何も知りません」

「ラストチャンスだ。徳永、おまえもグルだろ」

「絶対に違います」

この男は今ひとつ信用できない。ヘスもそう漏らしていたのを思い出した。

「だが、情報は持ってるんだな」

すぐには返事がなかった。もう一度、脛を蹴ると、徳永がポケットから一本のUSBメモリを差し出した。

「全部入ってます。姐さんが亡くなる二日前までの情報は」

「どうやって手に入れた？」

「すみません。姐さんのスマホのマイクロSDカードをコピーしました」

「三時間以内に、そのマイクロSDカードとおまえのパソコンを俺の寺に持ってこい」

「分かりました。その代わりに、離脱させてください」

そんなことがまかり通るものか。工作員は、死ぬまで工作員なのだ。

「おまえが持ってきた時に考える」

と言って徳永を追い出したのと入れ違いに、葬儀屋が戻ってきた。

「地下駐車場の直近二十四時間の防犯カメラ映像です」

数枚のDVDを持参していた。

「手荒なことはしなかったろうな」

「もちろんです。一時間借りるのに、五万円で話をつけました。逃げたり、誰かに連絡したりしないように一人残してあります」

三枚目の映像で、それとおぼしき集団が見つかった。二台のワンボックスカーから、目出し帽を被った男たちが降りてくる。一人だけ目出し帽を被っていなかった。

男は黒人だった。

10

冴木はカニを食べるとすぐ中村を連れ出した。近くによく行くバーがある。雑居ビルの地階にある「オールドバレイ」という店だった。

終電時間が近づいていて、数組の客が階段を駆け上がってくる。店に入った冴木はベビーフェイスの女性バーテンダーに挨拶《あいさつ》して、奥まったテーブル席に着いた。若いカップルが一組とサラリーマンらしき男一人が、カウンターで飲んでいる。

「いろんなお店をご存知ですね」

す」

「なあに、リタイアして暇になれば、飲み歩きもするだろ」

「師範が、そんな生活をされているのは想像できませんが、ここなら落ち着いて話せます」

入口に背を向ける側の席に中村を座らせる。中村は角《かく》ハイボールを、自分はジントニックを頼んだ。

「さっきの続きだが、アメリカ人が堂々と捜査をしているというと、軍警察《MP》だろうな」

「私もそう思います。しかし、事件現場は、アメリカの治外法権が認められない場所です。捜査権はないはずです」

それはそうだ。

「事件の見立てを教えてもらえないかね」

「その前に失礼ですが、師範はなぜ、この事件にご興味があるんですか」

中村は、冴木の経歴をある程度知っている。可能な限り隠さず話すことにした。

「ある筋から、北朝鮮工作員の変死事件の調査依頼がきた」

中村は怪訝《けげん》な顔をしている。

「その中には、男娼としてVIPの女たちを誑《たら》し込んでいた奴もいた。そいつが、激しい拷問の末に殺され、米国大使館の前に遺棄された」

「初めて聞く話です」

「そりゃそうだ。米国大使館が慌てて遺体を回収して、隠蔽《いんぺい》した。遺体には、荷札が付いていてね。そこに住所が記載されていた。住所は六本木で、ホストクラブなどを経営している事務所だった。連絡を受けた女性経営者が飛んできて、遺体を引き取ったそうだ」

「警察は捜査しなかったんですか」

「米国大使館は通報しなかったそうだ。だが、事件の真相は知りたいようで、巡り巡って俺のところに調査依頼が来た。ちなみに女性経営者は、古くから活動している北の工作員だよ。彼女も遺体を回収した直後に自宅が全焼し、焼死体で発見された」

冴木は中村に二人の事件ファイルを提示した。店が暗いために、中村はペンライトの助けを借りて、書類に目を通している。

その間に、冴木は怜が寄越してきたメールに目を通した。

〟殺されたB中佐は、ハーバード出の秀才。祖父も両親も軍属という軍人一家で、軍事研究所に在籍していたもよう。日本国内の米軍基地の現況と将来設計について調査して、国防総省幹部に報告することになってた。

真面目一筋で通っていたのに、男狂いっていうのは「何かの間違いだ」って、遺族は騒《さわ》いでいるそう〟

追伸があった。

〟韓国の金メダル候補の女検事に北朝鮮との関係は見つけられなかったと、内《うち》さんより。私は本日、これにて営業終了〟

中村が顔を上げたので、スマートフォンをしまった。

「この二人の死と、バーンズ中佐の事件が繋がるのですか」

「俺はそう見立てている」

「彼女が買った男娼が、このファン・ジョンジェだと？」

「何の裏付けもないがね」

酒が運ばれてきた。喉《のど》が渇いていた冴木は半分ぐらいを一気に飲んだが、中村は少し口をつけたきりグラスを置いて考え込んでいる。

「今日、私は男娼斡旋組織を当たったんですが、全て空振りでした」

だから、望月に追加情報を求めたわけだ。

「殺害現場となったホテルのフロントマンに執拗《しつよう》に問いただしてみましたら、部屋に呼ばれるのは、たいていが金髪の白人だったと教えてくれました。なので、朝鮮人というのは、驚きました」

「ホテルマンは、なぜ、中佐が男を買っているのを知っていたんだね？」

「ああいう職業をしていると、コールガールの出入りなどには、目を配るそうです。咎《とが》めはしないが、警戒はする。最近は時々、男娼もいるそうです。そういう客には、独特の雰囲気があるとかで、ピンときたと」

そんなもんか。

「このファンという男の髪の色は、分かりますか」

「すぐには分からないな。だが、調べれば分かるかも知れない」

「現場のベッドの枕やシーツに、金色の染髪剤の跡が残っていました」

冴木の資料にはない物証だ。

「調書に記載されていない鑑識記録が、あるのか」

中村は、すり切れた黒の革鞄からファイルを取り出した。

「捜査の中止を言い渡された時は、まだ私の手元に上がってきていなかったんです」

鑑識記録には、毛髪や体液などのサンプルを検出したとある。被害者のDNA以外に、複数の人間の遺留品があったという。

「アジア人のものが二人分、欧米人のものが三人分ありました。ただ、それが事件に関連しているかは分かりません」

「彼女の性的嗜好について、ホテル関係者から情報はとれたのか?」

「チェックアウト後に、シーツが激しく汚れていたりする場合は、清掃チームから報告が上がるそうですが、常連であるバーンズ中佐のチェックアウト後に、そんな情報が上がった記録はないそうです」

となると、やはり拷問か。

「彼女は、北の工作員に拷問を受けた末に殺されたと、冴木さんはお考えですか」

「判断がつかない。殺人事件の見立てについては、あんたの専門分野だろ」

「私は、インテリジェンス関係には疎いのですが、常識で考えれば、男娼がレベルを超えたプレイをするなんてあり得ない。だとすれば、二人の行為の最中に入ってきた別の誰かの仕業でしょうか」

そういう筋読みが妥当だろうな。

「ジョンジェの遺体をあの部屋に残さなかったのが、気になるんだが」

「男娼が、激しいプレイの末に客を殺して逃げたという見立てにしたかったのかも知れません。いや、そうするとジョンジェの遺体を、アメリカ大使館前に遺棄したのが理解できませんね」

理解できないことばかりだ。

そもそも北の工作員の惨殺死体が大使館前に遺棄されたのに、通報しなかったというのが何より不可解だ。

「ここまでくると、もはや私にはお手上げです。捜査は、師範に託すべきですね」

「それでは、あんたの腹の虫が治まらないだろう」

中村の表情からは、イエスともノーとも判断がつかない。彼は、ようやく酒に手を伸ばした。

「腹の虫はともかく、既に私は袋小路に追い詰められています。そして、今の話を伺って、店じまいしようと思いました」

刑事警察の出る幕はないという諦めか。

「もうちょっと粘ってみないか」

中村の捜査は辛抱強いと評判だ。粘り強さなら冴木にも自信はあるが、殺人事件の捜査となると、ベテラン刑事としての中村の経験と見識は得がたい。

「粘る理由がありますか」

「遺体だ」

「既に、遺体は米軍に返しました。今頃は本国で英雄として弔われているのでは」

「検死記録やサンプルは残っていないのか」

中村の顔に一瞬光が宿った。

「もう一度、法医学教室の先生に話を聞いてみることはできますね。それと、鑑識の記録が残っている可能性もある」

「俺の方は、北朝鮮の工作員とバーンズ中佐との関係を調べる。もし、ジョンジェが単なる男娼として彼女に接触していたのなら、奴が拷問されたことや、彼のボスである女性工作員が殺された理由が分からないからね」

それと、米国大使館前に遺体を転がした理由も調べる必要がある。もしかすると、この謎こそが、事件を解く鍵《かぎ》になるかも知れない。

「分かりました。但し、私の休暇は一週間です。お手伝いできるのは、その間だけです」

＊

コ・ヘスの部屋を部下が整理するのを、部屋の片隅で見ていた和仁は、不意に首筋に寒気を感じた。うっかり凶兆を見落とした時に、本能が鳴らすアラートだった。

「おい、この中身を確かめてくれ」

ズボンのポケットに押し込んでいたUSBメモリを、葬儀屋に差し出した。先程、徳永から手に入れた物だ。

葬儀屋は、中身を尋ねることなくノートパソコンに差し込んだ。

滅多に感情を表に出さない葬儀屋が、眉《まゆ》をひそめるのを見て、ディスプレイを覗《のぞ》き込んだ。

金髪の裸の女が、激しく動いている。

「……違いますよね？」

「念のために、六本木のホテルで死体で見つかったアメリカ人女性の顔写真を探してくれないか」

数分で、レイチェル・バーンズの美しい顔の画像が見つかった。

「この女と同じだと思うか」

「分かりません」

「クソ！　ムンの野郎！」

葬儀屋が、和仁の怒りの理由を目で尋ねている。

「コ・ヘスは、ウルフが相手をしていた米軍の女性中佐から情報を盗んだようだ。この中佐が、軍の不正を発見していたらしい。それを使って誰かを脅したために、殺された可能性が高い。ムンは、極秘情報をヘスに隠れてコピーしたと言って、このUSBメモリを差し出したんだが」

考えてみればおかしな話だったのだ。

ヘスの情報を盗んだとしても、もう一ヶ月以上前で、それをUSBメモリに入れて、持ち歩く必要なんてない。この映像は、和仁たちが来るまでの間に、ここでコピーしたに違いない。

「極秘情報というのが、このポルノ映像なんですか」

「そんな訳がないだろ。奴はとっさに、自分がここでコピーしたエロ動画を出しただけだ。大至急ムンを捜してくれ。そして、捕まえたら奴の自宅で落ち合おう」

## 11

「本日より、我が警護課第五係第三班は、韓国ソウル地方警察庁と合同で、東京五輪馬術競技出場予定のキム・セリョンさんの特別警護を行うことになった」

五十八歳という年齢で現場に復帰した班長、萬屋《よろずや》博《ひろし》警部補の宣言に、藤田は驚いた。

東京五輪開催に備えて新設された第五係だったが、実際の警護任務は、もう少し先だと言われていた。それが今日から任務開始とは。

しかも代表選手の国から派遣されたSPと合同警護なんて、異例すぎる。

「なんだ藤田、気に入らんのか」

鬼軍曹という面構えの萬屋に、さっそく目を付けられた。

「いえ。初めての任務が外国SPとの合同警護ということに、驚いたんです」

「俺もだ。そもそも外国の警察が我が国で活動すること自体、驚天動地だ。しかし、上が決めたのだから、従うまでだ。三十分後に我々は二台に分乗して、軽井沢に向かう。総員、準備に掛かれ」

「あの、班長、期間は？」

経験豊富な菊地《きくち》主任が尋ねた。

「分からん。ひとまず、一週間以上だと思え」

「交代は、ないんすか？」

藤田と同期で、警官らしからぬ軽薄な印象のある柿谷《かきたに》の質問に、萬屋の顔つきが変わった。

「おまえだけは、五輪が終わるまでずっと警護していろ！」

皆が苦笑いしながら準備に取りかかった。第三班は、萬屋班長の下に菊地、柿谷、藤田、そして紅一点の新垣萌《あらがきもえ》の、総勢五人だ。今回が初の警護課勤務という新人は藤田と柿谷の二人で、新垣は既に延べ四年経験しているベテランだ。

「新垣さんは、確か馬術部ですよね」

柿谷は良く言えば人懐こいが、要するに誰にでも馴れ馴れしい男だ。

「正確には、乗馬同好会だけどね。騎馬隊に所属したこともあるわよ」

「警護対象のキム選手というのは、メダル候補だそうですね」

「女性では世界一だけど、馬術競技は男女同一競技だから、メダルが獲れるかは微妙かな」

「うわっ、チョー美人じゃないっすか。俺、俄然《がぜん》やる気になった」

資料にある写真を見て、柿谷が声を上げた。

「写真だけじゃなくて、彼女の経歴もチェックしなさいよ」

柿谷はさっそく頭をはたかれている。

「ソウル中央地検特捜部検事って、マジっすか」

「しかも、エース検事だそうだし、趣味はチャラい男の金玉を蹴ることらしいよ」

捨て台詞《ぜりふ》を残して、新垣は部屋を出ていった。

「キム選手は、確か大統領の姪でもありましたよね」

藤田が訊《き》くと、タブレットで指令書をチェックしていた菊地が、顔も上げずに応じた。

「そうだ。つまり、超VIPということだ」

「韓国SPとの合同警護って、過去に経験ありますか」

「ないよ。だから、班長はかなりのご立腹なんだろ。やりにくいのは間違いないな」

だが、俺は気にせずやると菊地は言いたげだ。

「とにかく、訓練通りにやればいい。外国人でも日本人でも、俺たちは、身を挺《てい》して対象者を守ればいい」

人間の楯《たて》になる、それがＳＰの使命なのだ。


夏のハイシーズンということもあって、軽井沢への道のりは、平日にもかかわらず渋滞続きで、五時間余りを要した。

警護対象がいる馬術クラブに到着するまでに、藤田はすでにぐったりしていた。ドライバーの運転が下手な上に、助手席でずっとしゃべり続ける柿谷の相手にも疲れた。

車から降りた瞬間、生き返った。高原の涼しい空気が、気分の悪さを吹き飛ばしてくれた。

「おっ、敵さんは、到着済みのようだな」

駐車場に駐《と》まっている無骨なワンボックスカーを、柿谷が目ざとく見つけた。

藤田らの車と同様、上品な乗馬クラブには場違いな車が二台、整然と駐車していた。

「集合時刻から大幅に遅れてしまってるんだ。とっとと施設内に入れ」

萬屋に怒鳴られて、慌てて駆けた。菊地と新垣は、既に周辺を見渡して安全確認を始めている。

現場では、経験の少なさは言い訳にならない。神経を研ぎ澄まし、どんな小さな危険も見逃してはならない。

十分後、乗馬クラブの食堂に、日韓の警護課員が集合した。

韓国は、チョ・ソンウ隊長以下二班十人の編成だった。それぞれが自己紹介した。意図的ではないのだろうが、全員の容貌《ようぼう》と体格がよく似ていて、区別をつけにくかった。

萬屋班長と固い握手をしたチョ隊長が、「大韓民国の大切な宝を守るために、警視庁の精鋭のご協力を戴けたことに、心からのお礼を申し上げる」と社交辞令を垂れた。実際は女性の通訳が伝えた言葉だったが。

続いて警護計画の打ち合わせが行われた。韓国側は、到着と同時に乗馬クラブの安全確認を行ったとして、かなり詳細なプランを提示した。

「今回の警護対象者は、韓国人です。したがって、施設内警護については、我々にご一任いただきたい。日本チームは、施設外をお願いしたい」

「了解しました」

萬屋は即答したが、日本チームは顔を見合わせた。

ポーカーフェイスで表情を変えない菊地や新垣の目に戸惑いが浮かぶ。だが、萬屋は意に介していない。

「では、キム選手にご挨拶致しますか」

萬屋が明るく提案したが、チョ隊長はそっけなく返した。

「それは夕食の時に。今はトレーニング中です。それまでに、施設の徹底的な消毒を行

んだ。

　現在のトレーニング中の警護はどうしているんだ、と尋ねたかったが藤田は口をつぐんだ。

　その時だった。屋外に繋がるドアから、Tシャツにジーパン姿の女性が現れた。

　チョ隊長が号令をかけると、部下が一斉に立ち上がって敬礼した。

「日本チームも起立！」

　萬屋の号令に応えるかのように、痩身《そうしん》の女性が微笑んだ。

「ご苦労様です。キム・セリョンです。どうぞ、よろしくお願いします」

　彼女は流暢《りゅうちょう》な日本語で挨拶した。

　写真より美人だな。

　両国の隊長とキムが握手をした。通訳が入って、簡単な打ち合わせが始まる。終始、笑顔で話し合いをした後、キムはSP隊員が並ぶ列に近づいて言った。今度は韓国語だった。

　すかさず通訳が、日本隊のために訳した。

「こんな大騒ぎになってしまったことを、申し訳なく思います。でも、皆さんのおかげで、トレーニングに専念できます。心から感謝申し上げます」

　頭を深々と下げた後、隊員に向けて拍手した。

　藤田は人物評価を修正した。

韓国で国民的人気を誇る金メダル候補の上、大統領の姪にして敏腕検事と聞いていたので、鼻持ちならないワガママ娘を想像していたからだ。

一同が、キムに敬礼した。

12

午後のトレーニングを順調にこなしてクラブハウスの自室に戻ったセリョンは、シャワーを浴びると、ノートパソコンを立ち上げた。そして、架空の名で取得したＧｍａｉｌアカウントにログインした。

メールが一本届いていた。捜査連携している日本の検事からだ。短文だが中身は、深刻だった。

〝捜査を察知された。重要証人が潰され、関係者にも波及している。少し時間をおきたい〟

「クソ！」

滅多に吐かない悪態が口を衝《つ》いて出た。それでも腹の虫が治まらず、セリョンはデスクにあったペンを壁に投げつけた。

ひとつ深呼吸してから、返信を打ち始めた。

〝そういう状況なら、むしろ迅速に行動すべきでは？　ここで怯《ひる》んでは、相手の思う壺でしょ〟

その時、投げつけたボールペンが視界に入った。

何かおかしい。

壁際に近づいた。床に壊れたボールペンが転がっていた。しゃがみ込み、違和感の源を探した。

すぐに、見つかった。

ノックする部分が外れて筒の中にコードが見えた。そっと引っ張り出す。超小型盗聴器だった。

ああ、もう！

とっさに踏みつぶそうとして足を止めた。

これを壊せば、別の場所に、また仕掛けられるだけだ。

だったら利用した方がいい。

スマートフォンを取り出すと、電話をかけるフリをした。

「キム・セリョンです。色々考えたんだけど、今回だけはあなたのアドバイスを受け入れることにします。暫くの間、競技の準備に専念する。いいわね。捜査は中断」

これ見よがしにため息もついて、いかにも我慢ならないように「何が、君は競技に専念してほしいよ。だったら最初からはずしておけよ！」とぼやいておいた。

それから今度は本当に、スマートフォンで電話をかけた。

「これは、我が愛しい姪《いと》にして、国家の宝、セリョンじゃないか」

この大袈裟な言い回しだけで、やはり伯父が嫌いだと再認識した。

「伯父様、ご無沙汰です。今日、馬鹿面を下げたSPが大勢やってきたわ。これで、私のプライベートはなくなった。メダルを獲らせたいなら放っておいて欲しかったわ」

「そんな悲しいことを言うなよ。私は、金メダルより、おまえの命が大切なんだ」

ウソつけ。私がいなくなったら、枕を高くして寝られると思っているくせに。だが、姪の命が狙われている時に、何の手も打たなかったら、国民からバッシングを受ける。伯父はそれが怖いだけ。

韓国国民は、何か悪いことが起きると全て大統領のせいにする。感情的な世論への対応を間違えると、国賊と糾弾される。

好例が、多くの修学旅行生が命を落とした大型旅客船セウォル号沈没事故だ。事故自体に大統領の直接責任はなかった。だが、事故発生時に大統領が所在不明だったこと、さらに対応の不備や不手際、不用意な言動が続いて国民が激怒、連日ソウル市内で糾弾デモが行われた。

そこに大統領自身の不正発覚が重なり、高い支持率を誇っていた彼女は辞職に追い込まれ、遂《つい》には刑事被告人となった。

伯父は、そういう事態を恐れているだけだ。

「伯父様、社交辞令でも嬉《うれ》しいわ。それで、いいことをお伝えしておこうと思って」

「何だね？」

「私、五輪が終わったら、検事を辞めるわ」

息を呑《の》む気配がして、しばらく無言が続いた。

衝撃と懐疑が入り乱れて、大統領は混乱しているのだろう。

「もう、決めたのか」

「ええ。何もかも馬鹿馬鹿しくなったのよ。暫く日本に残ってのんびりと馬術に専念しようと思って」

「セリョン……。それは、私のせいかね？」

あら、殊勝なことを言うじゃない。

「どうして？　伯父様には何か心当たりでもあるの？」

「おまえは、私の不正事件解明に血道を上げていたんだ。なのに、検事を辞めるなんて。私が原因としか思えないじゃないか」

自意識過剰な男は、これだから嫌だ。

「私は、誰かのために人生の路線を変更したりしないから。本当に、検事という仕事に飽き飽きしたの。それだけ」

「セリョン。ずっと迷っていたんだが、東京まで、おまえの応援に行っていいか」

それが親族としての言葉と信じられたら、幸せなのに。

「ありがとう。待ってるわ。じゃあね、伯父様」

「ちょっと待ってくれ、セリョン。おまえは必ず金メダルを獲るよ。私は、そう確信している」

「それは間違いないわ。私は必ず、金を獲る」

電話を切ると息苦しさを感じて、ベランダに出た。

浅間山が見えた。

なだらかな山容と時折見える噴煙に、美しさと力強い生命力を感じる。私もあんな風になりたいと思う。

不意に、誰かの視線を感じた。窓の下を見ると、黒のスーツに赤いネクタイを締めた男がこちらを見上げていた。日本人のSPだ。

「すみません。お願いがあります」

男がベランダの下まで近づいてきた。セリョンは「ちょっと待ってて」と断って部屋に戻り、メモに走り書きした。

日本人の友人が多いこともあって、日本語はある程度は理解できるが、自信がないので英語で書いた。

〝この部屋は盗聴されている。韓国チームは信用できない。日本チームで極秘にチェックしてもらえませんか〟

ベランダに戻ると、メモを四つに折ってから落とした。

「あなた、お名前は？」

「藤田と申します」

生真面目な敬礼と共に、彼が名乗った。なかなかのイケメンね、と思いながらセリョンは敬礼を返した。

13

結局、徳永の行方は分からずじまいだった。

同居しているという女も含め、自宅には誰もおらず、何者かによって既に家捜しされていた。和仁は、己の脇の甘さを呪った。コ・ヘスのマイクロSDカードも、徳永と共に消えてしまった。

徳永が消えて、コやパクが何を企んでいたかも、分からなくなってしまった。

徳永が消えてから三日目の未明、和仁は致し方なく、六本木のとあるバス停に黄色いリボンを結んだ。

会いたい、という冴木へのメッセージだ。

落ち合う場所は、港区《みなと》芝公園《しば》増上寺《ぞうじょうじ》境内にある茶屋「芝縁《しえん》」だった。

芝公園に行きつけの蕎麦屋《そば》があって、その帰りに「芝縁」でわらび餅《もち》を食べるのが、和仁のお決まりのコースだった。黄色いリボンには〝急ぎで会いたい〟という意味しかないのだが、曜日によって会う場所と時間を決めていた。

翌日、和仁は袈裟姿で、フォルツァZに跨《また》がって増上寺を目指した。駐輪場にスクーターを置いて、和仁は境内を早足で突っきった。ものの数分で汗だくになり、「芝縁」に辿り着いた時には、頭の先から足の先まで汗でびっしょりだった。

冴木が表の縁台に腰かけていた。手元には、名物のわらび餅がある。

「おばさん、私にもわらび餅を頼むよ」

店に声をかけてから、座った。冴木は忙しなく扇子を使いながら、新聞を読んでいる。

「へえ、韓国大統領が姪の応援のために、日本に長期滞在かあ。なかなかいい神経してるじゃないか」

冴木はのんきな声で記事を読んでいる。和仁は冴木の方に背中を向けて座った。わらび餅が運ばれてきたタイミングで、さりげなく冴木と横並びになった。

「どうやらうちの三人は、殺された女性将校を脅して、米国の極秘情報を得ようとしていたみたいだ」

「このタイミングで、なんでそんなアホなオペレーションを出したんだ」

冴木はさらに勢いよく扇子をあおいだ。

「俺の知らないところで、小遣い稼ぎをしようとしたんだ」

「レイチェルちゃんはＣＩＡじゃねえぞ。軍人一家のお嬢様で、在日米軍の現状と未来展望について分析していただけだ。どんなネタがあるというんだ」

「どういう情報を手に入れたのかはまだ摑めていない」

　そう言って和仁は、わらび餅を一つ、口に放り込んだ。

「何のために俺を呼び出したんだ」

「手がかりがない。あんたに縋《すが》るしかないんだ」

「ユ・ムンシク、おまえさん、遂にヤキが回ったのか」

　これ見よがしに、大きなため息をつかれた。

　和仁は持参したスポーツ紙を二人の座っている間に置いた。

「とりあえず、あるだけの情報をまとめてある。それと三日前に、コ・ヘスの秘密部屋が何者かに荒らされた。マンションの地下駐車場の防犯カメラに賊の一人の顔が映っていた。黒人だった。総勢八人で、皆長身で肩幅の広いマッチョだった。その写真も入れてある」

「軍人か、CIAの特殊部隊か……。つまり、ウルフは拷問を受けても、情報を渡さなかったということかな」

　うなじにじりじりと日が照りつけている。ハンドタオルで首筋を拭《ふ》いた。ちょうど来店した男と目が合って声をかけられた。

「暑いねえ！」

「まったくだ。溶けそうだよ」

「だったら、お二人さんも中に入ればいいのに」

「いやいや、暑さに耐えるのも修行のうちだ」

男が店内に消えるまで待ってから冴木が口を開いた。

「なあ、ムンシク。コ・ヘスは、あんたの昔の女だろ。なのに、おまえに何にも残さなかったのか」

昔の女どころか、二人の関係はずっと続いていた。だが、現実主義者のヘスは、金儲けに邁進《まいしん》し、和仁には内緒で動くことが増えていた。

「俺は、あいつにとってそれだけの男だったってことだ」

「そうは思わんけどな。おまえは人としてカスだが、コ・ヘスは情の厚い出来た女だ。きっとおまえに何か残しているはずだ。何か思いつかないのか」

俺とヘスの何が分かるんだと、抗議したいのをぐっとこらえた。とはいえ、ヘスが何も残さず死んだのは、やはり不自然だった。

「じっくり考えてみるよ。あんたの方で新しい情報はないのか」

「ないねえ。米軍の壁は厚いな。ただ、レイチェルちゃんの爪の間から、他人の皮膚が出た。それも二種類あった。ウルフのDNAを手に入れたい」

「何とかする」

「俺が一番引っかかっているのは、なぜ、ウルフが米国大使館前に棄てられたかだ。それ以上に不可解なのはな、ウルフの遺体を米国大使館が敷地内に取り込み、隠蔽したことだ」

冴木は続けた。

「米国大使館は、間違いなく、レイチェルの殺害理由を知っている。そして知らないフリをしている。その理由を知りたい。俺のルートで当たってみたが、良いリアクションがない。おまえのところにも一人や二人、モグラがいるんだろ」

それは言えない。だが、調べてみる価値はある。

「ツテはないが、探ってみるよ」

「結構。それと暫くランデブー場所を変えよう。ここは暑いし、話しにくい」

「白金《しろかね》に、住職不在の寺がある。俺が管理を任されているんだが、本堂は鬱蒼《うっそう》とした森に囲まれていて、夏でも涼しいんだ」

「それは、いいな。住所を教えてくれ」

メモを書いて、スポーツ紙の間に押し込んだ。

「連絡用にプリペイドスマホを二台手に入れた。俺とおまえだけのホットラインとして使う。いいか？」

冴木が手にしていた新聞にスマホを挟んで脇に置いた。

いろいろ仕込まれる恐れのある携帯電話は信用できなかったが、暫くは密に連絡を取る必要があった。

冴木が立ち上がった。手には、スポーツ紙がある。

「そうだ、一つだけ言い忘れた」

立ち止まった冴木が言った。

「おまえさんの命は、大丈夫なのか」

「どうだろうな。とっくに本国からは目をつけられている。生き抜くつもりだが、覚悟はしている」

「本当に困ったら、言ってくれ。おまえには色々借りがある」

急に蟬の声が大きくなったような気がした。

14

なぜか寝付けなかった。

寝苦しいわけではない。日本屈指の避暑地だけあって、軽井沢の夜は過ごしやすい。

だが、胸騒ぎがしてセリョンは、寝付けなかった。

ベッドから体を起こすと、服を着替えて部屋を出た。

居住空間へのSPの立ち入りは拒んだため、廊下に人の気配はない。

セリョンは足音を忍ばせながら、階段を下りた。

ロビーに二人警護隊員がいたが、眠っている。

まったく、これじゃ役に立たないじゃないの！

脛を蹴飛ばしてやろうかと思ったが、一人で屋外に出るチャンスでもある。散歩から戻ってきてから蹴ればいい。

外に出ると、ひんやりとした空気が心地好《よ》かった。空も晴れ渡って星がくっきりと見える。

何度か深呼吸したら、モヤモヤした気分も少し和らいだ。

足が自然と厩舎の方に向かった。

愛馬に呼ばれたような気がした。タンザナイトは、頑強でタフな馬だったが、精神的にむらがあり、年に数回、神経質になる夜がある。大抵は、そばにいて首や腹の辺りを撫でるだけで落ち着く。それでも収まらず、朝まで厩舎にいることもあった。

ゆっくり辺りを見回しながら歩く。屋外警備を担当している日本のＳＰの気配も感じなかった。

その時、厩舎の方から悲鳴のようないななきが聞こえた。タンザナイトだ。

セリョンは駆け出し、厩舎に飛び込んだ。煙が充満している。火事だ。

「タン！」

その声が合図のように、馬房に敷かれた藁が発火した。あっという間に火が大きくなった。

とにかく逃がさねば。馬房のゲートを開き、馬を追い立てた。

途端に入口の扉が閉まった。

「ちょっと、何を考えているの！　人と馬がいるのよ！」

叫び声を嘲笑《あざわら》うかのように、他の入口も次々と閉められた。

扉を押したが、ビクともしない。他の出入口を探すが、炎と煙にさえぎられる。

あり得ない！

息ができなくなった。その上、馬たちがパニックになって狭い厩舎内を駆け回り、渾《こん》身《しん》の力を込めて壁を蹴っている。

いけない、脚を痛めてしまう。

「みんな、落ち着いて！」

だが、そんな声を理解できるはずもない。タンザナイトですら、セリョンが握る手綱を振り払おうと必死だ。

「タン、だめだよ。私の言うことを聞きなさい。大丈夫、必ず助けてあげるから」

だが、どうすれば逃げられるのか。

頭が混乱して働かなかった。

ダメかも――。

諦めかけた時、いきなり正面通路にワンボックスカーが突っ込んできた。

「さあ、早く！　車に乗って！」

若い男が、英語で叫んだ。

「馬を助けなきゃ」

「それは、私がやります。だから車に乗って！」

強引に車内に引っ張り込まれる。バックした車は厩舎の外に出た。

「このまま、ここにいてください」と言うなり、男は車から飛び出し、一瞬も躊躇うことなく炎の中へ駆け込んだ。

異変を知って集まってきた人影が、次々と厩舎に駆け込んで行く。

やがて、タンザナイトが飛び出してきた。続いて、何頭かの馬が続く。

セリョンは両手を広げて、タンザナイトの前に立った。

「タン！　止まって！　止まりなさい‼」

恐怖のせいだろうか。タンザナイトは、セリョンには目もくれず、走り過ぎていった。追いかけようとしたが、不意に頭の中が真っ白になった。

どのぐらい倒れていたのかは、分からない。誰かに抱き起こされてセリョンは目を開いた。

「大丈夫ですか」

数日前に、ベランダ越しに敬礼を交わした日本人ＳＰだった。確か、藤田といったはずだ。

「あなたが、助けてくれたのね」

「すみません。我々のミスです」

「タンザナイトは？」

「元気です。今は落ち着いています」

体を起こそうとしたら、激しい頭痛に襲われた。

「酸素吸入をします。かなり煙を吸われていましたから」

# 第三章　守れなかった男

## 1

七月二十四日午後八時——東京都新宿区霞ヶ丘町《かすみがおかまち》の国立競技場で、第三十二回オリンピック競技大会が幕を開けた。二〇七の国及び地域から、約一万二千人の選手が参加する。

藤田ら警視庁警護課員の仕事は、オリンピック大会に訪れる国賓などのＶＩＰの警護であったが、開会式は、約一〇キロ離れた世田谷《せたがや》区弦巻《つるまき》にある豪邸のテレビで観ることになった。

韓国の馬術競技代表のキム・セリョンの警護のためだ。本人は開会式への参加を希望していたが、安全確保が難しく、また他の選手や国賓への影響も考慮され、ＩＯＣから参加を見送るよう強く勧奨されて断念した。

二週間前に、軽井沢の合宿所でセリョンの命を救った藤田は、セリョンを近接で警護する役目を命じられていた。

この日、警視庁から警護に派遣されたのは、藤田と女性ＳＰの新垣の二人だけだった。

一方の韓国側も、開会式に列席する大統領を警護するため人員が割かれ、チョ・ソンウ隊長以下五人だけがセリョン警護に当たっていた。

セリョンは、祖父の友人が所有する邸宅に滞在している。馬術の競技会場である馬事《ばじ》公苑《こうえん》にも近く、選手としては最高の環境であった。

要塞《ようさい》に近い邸宅が、競技会場至近にあったことは、警護する者たちにとっても幸運だった。

「見て！　華《はな》ちゃんが、手を振ってる！」

リビングの大画面テレビで開会式を観ていたセリョンが嬉《うれ》しそうに叫んだ。

ちょうど日本選手が入場してきたところで、セリョンの親友でありライバルでもある馬術選手のシュミット華子がカメラに向かって手を振っている。

セリョンはテレビに向かって「華ちゃ〜ん」と呼びかけながら、両手を振っている。

無邪気さが少し意外だった。

「藤田君、ちょっと」

廊下を警護していた新垣に呼ばれた。

新垣と韓国ＳＰのチョ隊長が廊下で待っていた。女性通訳もいる。

「実は明日、馬事公苑での練習を韓国大統領が見学されるそうなの」

厄介な。

「しかも、キム選手には内密にして驚かせたいそうで」

ますます厄介な話だな。

「それは、さすがに無理では？　この家で面会されてはどうですか」

チョ隊長は通訳を聞いて深く頷いた。

「まったく同感だ。だが、私の立場では言えない。日本側から提案してもらえないだろうか」

「そのように日本側には伝えます」

藤田の言葉をチョに伝えようとした女性通訳を新垣が止めた。

「いや、そうじゃなくて。隊長は、君から大統領側にお願いして欲しいそうよ」

「なぜです？」

「あなたが、セリョンを救ったと、大統領閣下もご存知だからだとか。スゴいな藤田、もうすぐセリョン姫にプロポーズされるよ」

苦笑いすら返せなかった。

「ということで、チョ隊長と一緒に韓国大使館へ行け」

韓国大統領が投宿予定だという。

「ここの警護は」

「もうすぐ、柿谷が来る。さあ、行け」

新垣の声には、苛立《いらだ》ちがあった。命を狙われている対象を守るだけでも神経がすり減るのに、韓国という価値観の異なる国との共同作業にうんざりしているのだろう。

藤田は素直に従って、敬礼した。

2

自宅リビングのテレビ画面で、聖火ランナーが階段を駆け上がっている時だった。オフィスのインターフォンが鳴った。

「父さん、早見のおっさんだけど」

モニターを確認した怜が、鬱陶《うっとう》しそうに言った。

聖火ランナーが階段を一気に登り詰めて、いよいよ聖火点灯というタイミングだ。

「父さん、どうするの」

「オフィスの応接に通してくれ」

「私が行くわけ？」

怜は不服そうだ。

「おまえ、開会式なんて興味ないだろうが」

「そうだけど」と不満そうにぼやきながら、怜がリビングを出て行った。

聖火台に届けられた炎が大きく燃え上がったところで、冴木はテレビを消し、応接室のモニターのスイッチを入れて録画を始動させた。

冴木は七〇坪の敷地の半分を自宅に、半分をオフィスとして利用していた。何重にも侵入防止装置を施し、可能な限り公私を区別していた。仕事上の打ち合わせを自宅で行うことはなく、部下を自宅に招くこともなかった。早見がわざわざ押し掛けてくるとは、俺が書いたリポートがよほど不満だったと見える。

廊下で、怜が待っていた。

「私、ちょっと呑《の》みに行ってくる」

「バイクは使うなよ」

怜は右手を軽く挙げた。

酒豪の怜は、時々深酒するが、そんな時でも愛車ドゥカティ・パニガーレで帰ってくる。

ノックもせずに部屋に入る。スマートフォンを見ていた早見が顔を上げた。蒸し暑い夜なのに、スーツ姿でネクタイまでしている。

「何か飲むか」

「では、ハイボールを戴《いただ》きます」

飾り棚からマッカランとアードベッグのボトル、ロンググラスとロックグラスを取り出した。早見にはマッカランでハイボールをつくり、自分は大きなロックアイスにアードベッグを注いだ。

「で、何の用だ。今夜は、日本国民は正座して、オリンピックの開会式を観る夜だぞ」

「私は運動が苦手なので」

答えになっていない。

見覚えのあるファイルを、テーブルの上に置いた。

「用件を伺おう」

「本当に、この通りなんですか」

リポートでは、立て続く北朝鮮の工作員三人の死は、粛清だと断定した。私利私欲に走り、自国の情報を敵国アメリカに漏洩《ろうえい》しようとしたことが発覚。北の上層部が尋問を行った上で、見せしめに処刑した——。

「不審な点でもあるか」

冴木は悠然とソファの背に体を預けて足を組んだ。手にしたロックグラスが涼しげな音を鳴らす。

「北朝鮮が、自国の工作員を粛清するというのは、珍しくありません。しかし、その場合は、遺体を北に持ち帰るか、跡形もなく消すのが常套《じょうとう》です。しかも、彼らが、アメリカに情報を売ろうとするなんて」

「そこに書いたとおりだ」

和仁と協議した上での報告書だった。

早見は矛盾した立場にいるというのが、二人の一致した見解だった。

すなわち、北の工作員三人を殺した犯人は知りたい。特に、アメリカ大使館前にファン・ジョンジェの惨殺死体が遺棄されたことについては強い関心を持っている。その一方で、ファンとバーンズ中佐の関係については、徹底的に隠蔽《いんぺい》したい——。

だからこそ、様々な事情に精通している冴木に調査を依頼したのだ。

そこで、早見の欲求をある程度充《み》たしつつ、バーンズ中佐事件については一切触れないリポートをでっち上げた。

「北の工作員が漏らそうとしていた情報というのは何ですか」

「それはおまえの方が知っているだろう」

速攻で切り返されたことが不満らしい。早見は顔をしかめてハイボールを飲んだ。

「酒が口に合わないのか」

「いえ、そういう訳ではありません。米国のどの情報機関も、北の工作員と接触した形跡がないんです」

「相当舐《な》められているんだな」

「つまり、私にウソをついている機関があるということですか」

「ないと、断言できるか」

できるわけがない。所詮《しょせん》、日本のインテリジェンス機関なんぞ、世界レベルから見たらマイナーリーグだ。大リーグの米国情報機関が、現地情報員の集めたトップシークレット情報を、親切に日本に提供するはずがないのだから。

「断言できないのは、なにより冴木さんがご存知でしょう。ただ、北の工作員を三人もスカウトするような作戦が動いていたら、どれだけ隠しても分かるものです」

確かにそうだな。だが、それでも分からない時はある。

「俺の調査では、あれ以上は掘れなかった」

「北が粛清したというのは確かですか。情報源は？」

無言で応じた。

もし、冴木がまだ内閣情報調査室に在籍していたとしても、自分が獲得した協力者《アセット》の情報を口外することはない。信頼関係は、冴木と個人的に結ばれたものだからだ。

いわんや、既にフリーランスになっている立場なのだ。明かすはずがない。

「せめて、冴木さんのアセットが、北の現役工作員かどうかぐらいは教えて戴けませんか」

どうやら、早見は追い詰められているようだ。だが、そんな問いに答える者はいない。黙ってグラスを眺めた。

早見が小さなため息をついて、言葉を継いだ。

「北が資金不足に喘《あえ》いでいるというのは、以前から言われている話ですが、さらに酷《ひど》くなっているという認識でよろしいですか」

「それでいいよ。あんなにミサイルばっかり撃ってるんだから、しわ寄せが来て当然だろう」

「解せないのは、アメリカです。いったい北朝鮮のどんな情報が欲しいんでしょう」

「アメリカのことなら、俺より詳しいだろ」

「そうでもありませんよ。私は、所詮連絡係ですから。冴木さんの方が、太くて深いパイプをたくさんお持ちだ」

それが事実なら、由々しきことだ。アメリカの窓口を担当する者は、徹底的にアメリカに食い込む必要がある。単なる公的な情報交換を越えて、アメリカが提供を渋る情報まで獲得するためのネットワークづくりが必要だからだ。

早見にそれができないというのであれば、とっととNSSの情報担当審議官など辞めるべきだ。

「アメリカに問い合わせてみたのか」

答えないが、顔がイエスと言っていた。

「大使館前に不審な遺体があったことすら知らないと返されました」

「早見、おまえ今すぐ辞表を書け」

険しい眼差《まなざ》しが向けられた。しかし、冴木が目を合わせると、怒気は霧消した。

「一言もありません。ただ、ボンクラの私でも、冴木さんが別件で、こそこそ動いているぐらいの情報は入ります」

ほお、今夜の本当の目的はそっちか。

「何の話だ」

「バーンズ中佐殺害事件を調べておられますね」

「あれは、俺の趣味で調べているんだ。何か問題でもあるのか」

早見がハイボールを半分ぐらい呷《あお》った。そんな飲み方をするのなら、サントリーレッドで充分だったな。

「捜一の捜査を、我々が取り上げたのをご存知で調べているんですよね」

この男は、事情聴取する技術が低すぎるな。

答える気も起きず、テーブルに置いたピース缶からタバコを一本取り出してくわえた。

「私もあのヤマに、興味があります」

「早見、おまえらは事件を捜一から取り上げただけじゃなくて、捜査資料を破棄したんだろう。矛盾していないか」

早見が、鞄《かばん》からファイルを取り出した。

「捜一から取り上げた資料の写しです」

ファイルを繰る。見覚えのある初動資料の他に、初見の物がある。

「おまえが焼却処分を命じたと聞いたぞ」

「私じゃありません。いずれにしても、ファイルはここにあります」

「おたくらで調べたら、いいじゃないか」

「NSSにとっては存在しない事件ですから」

「なのに俺に調査を依頼するのか？　アンクル・サムに叱られるぞ」

「CIAは関与していません」

「じゃあ、どこがしゃしゃり出てきたんだ」

「不明です。ご存知の通り、米国の情報機関の数が増えすぎて、我々の窓口もどんどん複雑化しています。しかも、各機関の行動に整合性がなかったりする。我が国の利益になるのかどうかの判断も難しい案件が増えました」

　ＣＩＡが、米国唯一の情報機関である時代は既に終わった。それどころか、もはや米国最強でも最大でもない。指令系統すら曖昧《あいまい》な得体の知れない組織が、増殖している。退職した冴木が、米国機関と疎遠になった理由もそこにあった。古くからのエージェントが本国での地位を追われ、的確な情報が滞るようになった。挙げ句は平気で誤情報が流されたりもする。

「ＭＰの捜査官が動いているという情報もあるぞ」

「ＭＰでも国防情報局《ＤＩＡ》でもありません。最近できた機関のようです」

　のようです、か。そんなことでまともなインテリジェンス活動ができるのか、早見。

「組織名すら分からないのか」

　早見が、鞄から分厚い封筒を取り出した。

　封筒の口から札束が見えた。

「四〇〇あります。北の工作員変死調査の残金二〇〇に加えて、バーンズ事件調査の着手金として、二〇〇」

「どうした。急に金払いが良くなったじゃないか」

「財布が大きいところからの依頼だとお考えください」

大森官房長官からの依頼ということか。そうなると潤沢な官房機密費が使える。

「素平ちゃんは、何を気にしている？」

「日本国は、独立国であることを米国に示すべきだというご意思です」

「今まで気にもしなかったのに？」

早見が、残りの酒を飲み干した。

「長官は君子豹変《ひょうへん》すだとおっしゃっています」

狡賢《ずる》く陰険そうな官房長官の顔が浮かんだ。

あいつが君子だと。笑わせるな。

「それで、何がご所望だ」

「事件の真相と、もみ消し工作を仕掛けた組織及び、その狙いです」

「だとすれば、二〇〇は安すぎる」

早見が、もう一つ分厚い封筒を鞄から取り出した。

3

午後十一時過ぎ――、藤田は班長とともに何重ものセキュリティチェックを受けて、韓国大統領が滞在する部屋まで辿《たど》り着いた。

高い天井には巨大なシャンデリアが三灯吊《つ》るされて、煌々《こうこう》と光を放っている。大使館まで同行したチョ隊長は部屋には同行しなかった。日本のSPチームからのお願いというスタンスにしたいらしい。

「おまえ、香水臭いぞ」

直立して大統領を待つ萬屋が顔をしかめた。

「レディの警護をしているので、汗臭いのはまずいと思いまして」

鼻を鳴らされた。

「それにしても、なんでおまえのような奴が、あんな美人に好かれるのかが分からんな」

「恐縮です」

「言っておくが、俺は今日はおまえの付き添いだ。大統領へのお願いはおまえがやれよ」

韓国嫌いの萬屋は、全身から不満のオーラを放っている。そんな態度なら、同行してほしくないのだが、上司としての責務を果たすつもりらしい。

それだけ自分は信頼されていないということだ。

正面にある大きな扉が左右に開いた。

「大韓民国大統領閣下がお見えです」

日本のSP二人は、ほぼ同時に踵《かかと》を揃え背筋を伸ばした。

「やあ、大変お待たせしました」

日本語で労《ねぎら》われて驚いた。

チェ・ジェホ大統領は、どこかセリョンの面影と被《かぶ》る。敬礼で応える藤田らに、大統領は握手を求めた。

「あなたですね、藤田さんは」

「はっ！　警視庁警護課勤務、藤田陽介であります！」

続いて萬屋も名乗ったが、大統領の興味は藤田だけにあるようだ。

藤田に隣に座るように身振りで示すと、韓国語で話し始めた。影のように寄り添う女性が同時に通訳した。

「姪《めい》のセリョンの命を救ってくださったことに、心より感謝申し上げます」

「恐縮です！」

「大会終了後に、ぜひソウルにいらしてください。礼をしたい」

「恐縮です！」

そこで萬屋が咳《せき》払いをした。早く用件を切り出せと言いたげだ。

「大統領、お疲れのところ、深夜にお時間をつくっていただき誠にありがとうございます。早速、お願い事を申し上げてよろしいですか」

大統領は上機嫌で頷いた。

「明日、セリョンさんの陣中見舞いに、馬事公苑にいらっしゃると伺いました」

「非公式でね。姪を驚かせたいんだ」

「きっと、お喜びになると思います。ところで、我々警護担当者は、セリョンさんを万全の態勢でお守りしたいと考えております」

できれば、萬屋に説明を代わってもらいたいところだが、上司は正面の壁をじっと見つめたきり、微動だにしない。

「みなさんには、ご苦労をおかけしています。でも、藤田さんのような方が、姪を守ってくださると思うと、心配も幾ばくか軽減されるんですよ」

「恐縮です！　そこでお願いしたいことがございます。馬事公苑ではなく宿舎にて、キム選手を激励して戴きたいのですが」

大統領から笑顔が消えた。

「姪は、そんなに危険に晒《さら》されているのかね」

「いえ、そういうわけではないのですが、お二人を同時にお守りする事を考えると、より安全な場所でお会い戴くのが、最善だと考えるからです」

「それは、日本政府の公式見解ですか」

藤田が答えられる領域を超えた。

「班長、お口添えを戴けませんか」

「大統領を説得して欲しいと、隊長に頼まれたのは、おまえじゃないか。自分で何とかしろ」

最悪なことに、萬屋の言葉を通訳が大統領に伝えている。

「あっ、今の話は、訳さないでください！」

時すでに遅しで、大統領の顔が険しくなり、部下に向かって何か言った。

男は、ただちに部屋を出ていった。

「あの、大統領はなんと？」

藤田は、通訳に尋ねた。

「キム選手の警護責任者をここに呼ぶようにとおっしゃいました」

これ以上、話がややこしくなるのは、ごめんだ。

「大統領、お二人に安全を期して戴くために、キム選手の宿舎でお会い戴きたいと考えているのは、最前線でキム選手をお守りしている日韓SPの総意です。どうぞ、我々の気持ちをお酌み取りください」

立ち上がった藤田は、深々と頭を下げた。

「藤田さん、あなたの訴えは理解できます。ただ、私は大韓民国大統領として、堂々と姪の応援をしたいんです。我が身の安全のために、宿舎で会うなんてできません。責任は、私が取ります。ですから、あなた方は普段通り、セリョンの警護に専念してください」

そこで、チョ隊長が入ってきた。

大統領は厳しく詰問しているようだ。チョの顔が引きつっている。

藤田は、通訳に内容を尋ねた。

「私は、逃げも隠れもしない。そんなことすら分からないのかと、大統領はチョ隊長におっしゃっております。しかも、その要望を日本人のSPに言わせるのは、卑怯千万だとも」

藤田が、大統領に向かって発言しようとした直前、萬屋に止められた。

「おまえは、もう黙っていろ。叱られて当然のことをしたんだ」

チョは大声で言葉を発すると、敬礼して部屋を出ていった。

「お恥ずかしい場面をお見せしたことをお詫びします。藤田さん、あなた方にご心配をおかけしたことを改めてお詫びします。ただ、明日だけは、姪の活躍を祈念している愚かな伯父のわがままをお聞き届けくださいませんか」

大統領は先程の柔和な表情に戻っていた。

もはや否はない。

「畏まりました。日韓のSPが総力を挙げて、お二人の安全を確保致します！」

大統領は、両手で藤田の手を握りしめた。

「藤田さん、姪を頼みます」

大統領は、日本語でそう言った。

「命に代えても、お守り致します！」

## 4

午前一時、セリョンは地下の抜け道から邸宅の外に出た。

仕事上、どうしても会わなければならない人物がいる。安全は、その人物が保証してくれる。そこで、監視カメラの目に触れずに邸外に出られないかと、この屋敷の持ち主である祖父の友人に相談した。すると、地下室から屋敷の外に通じる秘密の通路があると教えてくれた。

通りに出て、周囲を見渡す。約束の位置に黒のワンボックスカーが駐《と》まっていた。車に駆け寄ると、スライドドアが開いた。

セリョンが乗り込むと、すぐに車が動き始めた。長時間の駐車は、警護班にチェックされる可能性があった。

車内にいたのは、セリョンと合同で極秘捜査を進めている東京地検特捜部の清田《きよた》検事と、彼の立会事務官の二人だ。事務官がハンドルを握っている。

「無理を言って申し訳ありません」

英語で詫《わ》びが呟《つぶや》かれた。

「私もお会いしたかったので、好都合でした」

「数日前、こんなものが私に届きました」

検事がタブレットに触れると、動画が再生された。

凄惨な拷問の様子だった。

ただ、暗くて顔がよく見えない。

「これは、誰ですか」

「ラケルでは？」

コードネーム・ラケル――。米軍が関係した疑獄事件の情報を、セリョンに提供してくれた人物の暗号名だ。

「私は直接会ったことがないのですが、顔認証をかけたところ一致しました」

やはり、こんな目に遭っていたのか。

ラケルから、二月《ふたつき》近く連絡がなかった。こちらから、問い合わせたいこともあったので、何度か接触を試みたのだが、失敗していた。

そこで、二週間前、セリョンの乗馬仲間の在韓米軍将校に、代わりに問い合わせてもらった。将校からは、「急に命令が出て、帰国したそうだ」と言われた。

「彼女は、生きているんでしょうか」

「最後の方で、首をナイフで割かれています。おそらくは、生きていないと思います。ご覧になりますか」

レイチェル……。

会ったのは数回だが、正義感の強い信念の人だった。

「いえ、そんなのを見るのは堪えられない。ちなみに、これが記録された日付は？」

「不明です。しかし、約二ヶ月前に、六本木のホテルで女性の米国軍人が惨殺されたことが分かりました。ところが、何らかの圧力がかかり、警視庁は捜査を中止したらしいです」

私への脅迫が始まったのも、その頃だ。

「ここを見てください」

手際よく検事が動画をスキップした。

赤い血糊《ちのり》のような文字が流れた。

〝これ以上の捜査は不毛だ。諸君が真相に辿り着くことはない。店じまいせよ。さもなくば、次の犠牲者は〟

屈託のない笑顔の女性と二人の男児、そして、愛馬タンザナイトの画像が映し出された。

「こちらは、あなたの家族？」

「ええ。既に避難はさせましたが、安全といえるかどうか……。あなたも、愛馬を失うわけにはいかないのでは？」

その通りだ。厩舎が放火されたばかりなので、さすがにこんなメッセージにはゾッとする。だからといって、脅迫に屈するわけにはいかない。

「私はともかく、そちらはどうされるんですか」

「異動命令が出ました。私は明日、日本を離れます」

「尻尾《しっぽ》を巻いて逃げると？」

清田は唇を強く結んだ。

「ラケルを失った段階で、捜査は暗礁に乗り上げました。どちらにしても身動きが取れない」

「一度でも、脅迫に屈したら、ずっと逃げ続けることになりますよ」

「それは分かっています。私一人で闘うことも考えました。しかし、最終的に上層部が判断を下しました」

つまり、誰かが検察の上層部に圧力をかけたのか。あるいは、日本の検察は事件より検事の命を優先するということか……。

「キムさん、ひとまず撤退しませんか」

「いずれ、リベンジすると？」

「もちろん。相手は手段を選ばない暴力組織です。それ相応の備えと覚悟がいる。現状では我々は非力すぎる」

セリョンは、清田検事に伝えていない情報を持っている。

ラケルからUSBメモリが、ソウル地検に届けられていた。時期からすると、殺される直前に発送したのかも知れない。

データは、これまでよりさらに慎重に扱われていた。あまりに高度に暗号化されているので、セリョンの手には負えなかったほどだ。

〝これは保険。いずれ解読法を教える〟とメモがあったので、そのままにしてある。

セリョンを信じて、重要情報を提供してくれたレイチェルが、拷問の果てに命を奪われたというのに、撤退だなんて、絶対にありえない！

「もう少し証拠を集められるとしたら、どうします？」

「それでも、ひとまず死んだフリをしましょう。さもないと我々は掛け替えのないものを失う」

要するに、この男は怖《お》じ気づいたわけだ。骨のある正義漢だと思っていたが、この国に、もはやサムライは存在しないということなのかも知れない。

「分かったわ。あなたの提案を呑む」

「本当に無念ですが」

検事が悔しげに頭を下げた。

車をパーキングに駐めて、車内で二人の検事が捜査放棄を告げる映像を撮影した。それを清田が指定されたメールアドレスに送信するのだという。

その後セリョンは、車に乗り込んだ地点に送り届けられた。

孤立無援――。それでも、私は闘う。弔い合戦というだけじゃない。我が国を覆っている許しがたい構造を打破するためだ。

## 5

空が白み始め、開け放った窓の外で雀のさえずりが聞こえた。和仁は眠気を振り払い起き上がった。

隣で眠る妻を起こさないようにして部屋を出る。手際よく朝の支度をすると、フォルツァZを寺の駐車場から出して、エンジンをかけた。さりげなく四方に目を配り、監視者がいないのを確かめると、ビッグスクーターを始動した。目指すは、皇居だ。

明け方の麻布十番は森閑として、深夜まで賑《にぎ》わう街とは趣を変える。和仁は柔らかい朝日が射す麻布通りを北上した。六本木通りに合流し、桜田門まで快調に進んだ。内堀《うちぼり》通りを左折し、ホテルグランドアーク半蔵門《はんぞうもん》の駐車場にフォルツァZを駐めた。

ヘルメットと上下のウィンドアップを脱いで、バイクのシート下に押し込むと、和仁は歩いて半蔵門に向かった。似たようなランニングウェアの老若男女が、皇居外周の歩道を走っている。

ランニングウェア姿の和仁も、いかにも今から走り出すように入念に準備運動をして、腕時計を見た。午前七時十二分——。あと三分ほどでお目当ての人物がやってくるはずだ。

こういう面倒な会い方は避けたいのだが、先方の希望なのだから致し方ない。

その場でジョギングしながら一分ほど待機した。

やがて身長一九〇センチ、体重一五〇キロ以上もある巨漢が、体を重たげに揺らしながら近づいてきた。

一瞬だけ目が合ったが、それ以上は何の合図もない。和仁は走り出し、自然な流れで巨漢の隣に寄り添った。

近くを走るだけで、巨漢の体温と汗に圧倒されそうだった。だが、暫《しばら》くは伴走するしかない。

「皇居ラン」と呼ばれるランニングは相変わらずの人気で、早朝から深夜まで、大勢のランナーが皇居外周を駆けている。歩行者などに迷惑をかけないように、ランナーは反時計回りで周回するなどの自主的なルールがある。

和仁らも他のランナーに混ざって、南進した。三宅《みやけ》坂の交差点が見えてきた。普段から体を鍛えているので、息が上がることはない。だが、和仁は単調に走るジョギングが嫌いなのだ。

その上、隣の巨漢は息が上がり喘ぎ声まで漏らしていて、一緒にいるだけで辛《つら》くなる。

和仁はランニングに集中した。坂を下り切った桜田門で、相棒が歩道から外れて広場の木陰にへたり込んだ。

和仁も広場に入る。少し先まで走って足踏みをして、様子を窺《うかが》った。

よりによって警視庁の前で止まるとは。もっとも本人は日本の警察になんて頓着《とんちゃく》しないのだろう。

呼吸を整えてから、和仁は男に近づいた。

男は、大きなタオルを頭から被って、肩で息をしている。そばには、ステンレス製の水筒が無造作に置いてあった。

「今朝は、快調に飛ばされてましたね」

英語で話しかけた。

「ちょっと飛ばしすぎて、へばりました」

安全に接触してよい時の符牒《ふちょう》だ。

和仁は、持参したステンレス水筒を、男の水筒の隣に置いた。同型同色で見分けがつかない。男は和仁の水筒を手に取ると、うまそうにプロテインドリンクを飲んでいる。

巨漢の名は、ドニー・リックマン。在日米国大使館に十年以上勤務している米国人だ。所属は総務部で、大使館員の生活サポートを担当していた。大使から若手までの世話係を務め、全ての部屋に出入りし、様々な情報に触れる機会があった。

彼をスカウトできたのは、偶然だった。

大使館員の一人が坐禅《ざぜん》体験ができる寺を探しており、ドニーが和仁の寺に問い合わせてきたのだ。

二人は呑み友達となり、ドニーが経済的に困窮しているのを知った。また、在日朝鮮人の女性と同棲《どうせい》しているのを隠していたのが発覚しそうになり、彼の職場での地位が危うくなったことがあった。その時に、和仁が力を貸してやった。女を日本人と養子縁組させ、日本国籍取得の手助けをしたのだ。ドニーは大感激し、以降、和仁の頼みを時々聞いてくれるようになった。

ドニーは、和仁が北朝鮮の工作員であることを知らない。和仁は「できの悪いフリージャーナリストの甥《おい》の頼み」だと言って、大使館に関係する取るに足りない情報の提供を求めていた。

　寺で話してもいいのだが、ドニーが神経質なので、偶然を装って会うようにしている。さらに、二つ折りの札やUSBメモリなどが隠し入れられる特殊な水筒を和仁が用意して、スパイごっこを楽しんでいる。

「分かる範囲で、まとめておいたよ」

「情報収集で無理をなさったりしていませんよね」

「大丈夫。あの時、偶然、僕は現場に居合わせてね。最後に、遺体を引き取りに来た女性にも会っているんだ」

　それは幸運だった。

「助かります」

「なあに。でも、あんまり派手に書かないように言ってくれよ。詳しすぎると疑われるからね」

　ドニーは長く日本にいるが、日本語の読解力は低い。彼が流した情報が、これまで一度も記事になっていないことにも気づいていない。

「ご安心を。じゃあ、また近々飲み会をやりますかね」

「いいね。五輪の間は忙しいから、それが終わってからね」

　もう少し走ると言って、ドニーが腰を上げた。ボトルの底に一〇万円が隠されている水筒は、彼のデイパックの中にしっかりと収められた。

6

五輪会場となる馬事公苑でのトレーニングを終える頃には、セリョンの全身は汗みずくで重くなっていた。韓国の夏も暑いが、日本の暑さは独特だった。湿度が高すぎるのだ。風が吹かない日などは不快指数二〇〇％で、息をするのも辛くなるほどだ。

今日はまさにそんな日で、タンザナイトも激しく汗をかいている。

親友でもある日本代表のシュミット華子と、この日は一緒に練習した。

「ねえ華、この暑さは、日本では当たり前なの？」

「今日は格別に暑いけどね。こういう天気が一番体にこたえるよね。だから、タンちゃんに、しっかりお水飲ませてあげてね」

優雅に馬から下りて手綱を引く華子は、汗こそかいているものの、バテた様子はない。暑さに負けない体力づくりが必要だと感じながら、セリョンも馬から下りた。

「キム選手、失礼します」

黒のスーツを着込んで、見るからに暑苦しい男に呼び止められた。

その隣には、涼しげな麻のスーツを身につけた韓国大統領が笑顔で立っている。

「伯父様《おじ》！」

「やあ、セリョン。居ても立ってもいられず、応援に来ちゃったよ」

華子が一礼だけして、その場から離れようとするのを、伯父は引き止めて、握手した。

「ミス・華子、ご無沙汰《ぶさた》しています。セリョンの伯父のチェ・ジェホです」

「ご無沙汰しております、大統領。お目にかかれて光栄です」

「シュミット選手、大変申し訳ないのですが、大統領とキム選手との記念撮影をお願いします」

黒服が図々しくしゃしゃり出てきて、セリョンはカッとなった。

「ちょっと、シュミットさんは練習後で疲れているんだから、そんなお願いはやめて！」

「あら、セリョン。大丈夫よ。光栄なことです」

華子の気遣いを真に受けて、日韓のメディア関係者が三人を取り囲んだ。

「伯父様、これで華ちゃんが調子を落としたら、韓国大統領が姪を勝たせるために、無茶を強いたって非難されるからね」

「おいおい脅すなよ。華子さんは快諾してくれたんだ。さあ、セリョンも笑いなさい」

勝手なことを！

腹いせに黒服の脛《すね》を思いっきり蹴飛《けと》ばしたいのを我慢して、セリョンは作り笑顔を振りまいた。

十分ほどのフォトセッションに付き合ってくれた華子に心からの礼を言うと、華子は「こちらこそ、貴重な記念写真に参加できて嬉《うれ》しかったわ」と笑顔を返してくれた。

だが、まだ解放されなかった。インタビューが始まったのだ。

「二人は、ライバルであると同時に大親友だと聞いたんですが、お互いの魅力を聞かせてください」

韓国のテレビレポーターがマイクを向けてきた。

「今は疲れているので、改めてください。もっと涼しい場所でお願いします」

だが、育ちの良い華子は、無下に人を拒んだりしない。

「私にとってセリョンは、人間としてもライダーとしても最も尊敬できる人です。私にはない強さと積極性があって、それを見習いたいと思っています」

そこまでサービスしなくていいのに！

だが、こうなるとセリョンも無視するわけにはいかない。

「華子は、常に不可能を可能にしてしまうスーパーウーマンです。私が今まで、仕事と競技を両立できたのも、いとも容易《たやす》くそれをやってのけている華子がいたからです」

競技に向けての抱負も尋ねられた。

「ベストの状態で臨むことだけを考えています。そして、勝ちたい想いが強い人が最後に勝つと信じています」と華子は言い切った。

「競技では、常に一番を狙って臨みます。ただ、五輪は特別なもので、参加者のいずれもが強豪揃いで、金メダルを狙っています。自分に打ち克《か》った者が勝者となるでしょう」

そう言うと、セリョンは会見を切り上げた。

なおも追ってくるメディアを、騒ぎを聞きつけた競技委員が抑え込んでくれた。

「ごめんね、華ちゃん。スタンドプレイが大好きな伯父のしたことを許して」

厩舎に向かいながら、セリョンは心から詫びた。

「気にしない、気にしない。それより、タンちゃんにいつも以上の給水、忘れないでね」

それぞれの厩舎へと別れてから、タンザナイトの汗を拭《ぬぐ》い、たっぷりと水分を与えた。

タフなタンザナイトは日本の暑さにも負けていないようだが、それでも、汗を拭ってもらうのは気持ちよさそうだった。

やるべきことをこなしただけで、全身は再び汗だくになった。

さっさと戻って、私もシャワーを浴びよう。

厩舎の壁に掛けておいたディパックを手に取り、スマートフォンを取り出した。メールを三十件以上も受信している。ソウルの同僚からメールが来ていたので開き、添付文書をクリックした。

何？　これ。

次の瞬間、悪態をついた。

セリョンが立ち尽くしていると、異変を感じたSPが声をかけてきた。

「どうしました？」

藤田だった。

「大丈夫ですか」

藤田にもう一度声をかけられて、セリョンはスマートフォンをジャージのポケットに押し込んだ。添付されていたのは、血まみれになったタンザナイトの写真だった。

「ごめんなさい。ゴキブリがいたの。あれだけは全然ダメなの」

藤田もチョ隊長も信じていない。

「スマホを見せてもらってもいいですか」

藤田は目ざとい。韓国の警護官なら冷たくあしらえたが、藤田の頼みは断れなかった。

セリョンは素直に、スマートフォンを差し出した。

「これは酷い」

藤田の声に、チョ隊長が画面を覗《のぞ》き込んでいる。藤田が「暫く預からせてもらっていいですか」と言った。

「それは、かなり困る。悪戯《いたずら》なんて気にしないから、無視しましょう」

「そういうわけにはいきませんよ。隊長、これを見てください」

藤田が画面を、チョ隊長の方に向けた。

太字のハングル文字で脅迫が書かれていた。

〝これが最後の警告だ。約束を守れ〟

7

周囲に鬱蒼《うつそう》とした老木が聳《そび》えているせいか、外気温は三〇度を超えているのに、寺の中は涼しく快適だった。

それでも、冴木は忙《せわ》しなく扇子であおぎながら、ウルフことファン・ジョンジェの惨殺死体が大使館前に遺棄された件の詳細を手に入れたという、和仁の報告を聞いていた。

「アセットの話では、遺体が遺棄されたのは夜明け前の午前五時四十四分で、警備兵が遺体に気づき、当直長に報告、当直長が遺体を確認すると、警察への連絡を止めたそうだ」

当直長クラスが遺体隠蔽を判断することに、違和感があった。その点を指摘すると、和仁が顔をしかめた。

「遺体に、メモが数枚貼り付けられていたそうだ。その一枚は大使宛で、『この遺体は、大使への警告だ』と書かれていたらしい。当直長は遺体を大使館内に運び込むように指示したようだ」

「他のメモには何が書かれていたのかは、分かっていないのか」

「遺体の引き取り先として、コ・ヘスの連絡先が書かれていたそうだ。それ以外は、不明だ。ただ、早朝にもかかわらず、大使以下幹部、情報関係の幹部、さらに軍人にも召集がかかったそうだ」

和仁のアセットは、下級職員のようだな。

意思決定レベルの情報については、何も把握できていない。

「軍人というのは、どこの所属だ」

「陸軍の将軍とＤＩＡの将校だったらしい。協議の結果、日本の警視庁には連絡せず、発見の翌日、遺体のメモにあった連絡先に電話を入れて、コ・ヘスが呼び出されている」

「その間、ずっと遺体は大使館内にあったのか」

「いや、ハーディー・バラックス内に運ばれて検死が行われた。それから、コが呼び出された」

いくら治外法権だからって、やりたい放題だな。

「あんたは、コからその事実を聞いていたのか」

「まったく、知らない。あの女の単独行動だ。もし、俺が知っていたら一緒に行ってたよ。何しろ、坊さんだからな」

確かにそうだ。

和仁は、良い職業を選択している。どこに姿を見せても、何となく理由が立つ。

「コは、半日かけて聴取を受けた上で、遺体と共に解放されている」

「コが北の工作員なのは、Ｃだって知っているぞ。なのに、遺体と共に解放されたというのは、解せないな」

「まったく同感。このあたりは、あんたの古いツテを当たってくれよ」

俺がかつてＣＩＡの犬だったのを知っている和仁は、遠慮しない。

「それで、この件について、米国はどんな判断を下したんだ」

和仁が大きなため息をついた。

「申し訳ないが、最終判断については摑《つか》めていない。ただ、大使は、ファンをまったく知らないと断言したそうだ」

だったら、やっぱり警視庁に連絡すべきだろう。なのに、闇から闇に葬るようなやり方をするのは不可解だった。

和仁は、クーラーボックスの中からラムネのビンを取り出すと、ガラス玉の良い音を鳴らしながら飲んだ。

8

和仁はラムネを飲みながら、自分が摑んだネタのほとんどを、冴木は既に知っていると感じていた。腹の内を読ませない男ではあるが、それにしても何を聞いても余裕があった。

和仁は、首の後ろにじわりと滲《にじ》んだ汗を手ぬぐいで拭った。

「なぁ、冴木さん。俺の手札はこれで全部だ。そろそろあんたのネタを開陳してくれよ」

扇子をあおいでいた冴木の手が止まった。

「ウルフの遺体に貼られたメモに『将軍を呼べ』と書かれていた。だから、陸軍准将が呼ばれたんだ。それで准将は慌てふためいた。そこにはＤＩＡの日本代表も同席していたんだが、准将は国家機密だと突っぱねて、DIAへの情報提供を拒否したらしい」

米国大使が知らない事件。鍵《かぎ》は、軍関係者か。

「つまりウルフが摑んだのは、在日米軍の不正なのか。何かヒントぐらいは摑めたのか」

「残念ながら、畑違いだからな。一つだけ面白いのは、Cもまともな情報を得られていない。全て軍事機密という理由からだ」

「コやファンが、米軍の誰かを脅していたというのに違和感がある。奴らは米軍のことなんて何も知らない」

冴木が考え込んでいる。

「何か気になるのか」

「在日米軍が慌てふためくような米軍の極秘情報を摑んだのに、なぜ、あんたに知らせなかった。そこまで、おたくの組織は腐っているのか」

「耳が痛いな。俺も聞きたいところだが、死んでしまっているので、確かめようがない。おそらくもっと軽いスキャンダルネタを手に入れたぐらいに思っていたんだろうな。ところが、調べていくうちに、ぬきさしならない陰謀だと気づいた。その時には今さら俺には相談できないと考えたのかも知れない」

いずれにしても俺は、コントローラー失格だ。

「まだ見つけられないのか」

「何をだ」

「コが、あんたのために残したに違いないお宝の隠し場所だよ」

遠くで雷が鳴ったかと思うと、激しい雨が降り出した。

9

冷房の効いたタクシーから降り立ったイ・ジョンミンは、あまりの蒸し暑さに顔をしかめた。

スーツで訪ねるのは目立つと思って半袖《そで》のポロシャツにチノパンというスタイルにしたのに、耐え難いほど暑いだなんて。日本の気候は異常すぎる。

顔と首の汗を拭ってから、インターフォンを押した。

「ソウル中央地検特捜部検事のイ・ジョンミンです。同僚のキム・セリョンに会いに来ました」

韓国語で伝えたのに、日本語が返ってきた。意味は分からないが待てということだろう。周囲を見回してみると、監視カメラが数ヵ所、壁も高いし侵入は難しそうだ。

しばらくすると、門が少しだけ開いた。

スーツ姿の男が現れ、韓国語で「ひとまず中にお入りください」と言って、ジョンミンを招き入れた。

「ソウル地方警察庁警護課のチョ・ソンウです。恐縮ですが、身分証明書とパスポートを見せてください」

「おいおい冗談を言うな。私を疑っているのか」

「大統領命令です。ご協力ください」

いつの間にか背後にも人が立っていた。上着のフラワーホールにSPの記章がある。

嫌みったらしく舌打ちをしてから、求められたものを差し出した。

「確認いたします」

「何だと。おまえ、誰と話しているのか分かっているのか」

「大統領命令です」

大統領命令が万能だと思ってやがる！

「セリョンをここに呼べ。そうすれば、本物のイ・ジョンミンだと分かる」

だが、チョは聞く耳を持たなかった。

「おい！　こんな暑いのに外で待たせるな。屋内に入れてくれ」

チョが振り向いた。

「申し訳ありませんが、キム選手の安全確保のため、身元確認が終わるまではここでお待ち下さい」

勝手にしろ。

ジョンミンは木陰がある場所に移動して、ミントキャンディを口に放り込んだ。

事前に連絡を入れるべきだったのかも知れない。だが、そうするとセリョンに拒絶される可能性があった。だから、敢えていきなりの訪問にしたのだが……。

冷静になって考えてみると、この厳格な対応は、それだけセリョンに深刻な危機が迫っているということだ。

セリョン、一体何に首を突っこんだんだ。

「お待たせしました。どうぞ」

チョが書類を返しにきた。

だが、そこから先もすんなりと通してはくれなかった。玄関口では、全身くまなく金属探知器を当てられた。前後を固めるSPに応接室まで誘導されたが、そこにセリョンの姿はなかった。

監視を続けるSPが二人いる。「水をもらえないか」と韓国語で頼むと、女性SPが「かしこまりました」と答え、無線連絡を入れた。もう一人は男性SPで、スーツの記章が異なるところからみて、どうやら日本人らしい。

まもなく勢いよくドアが開いて、セリョンが入ってきた。白のポロシャツに白のジーパン姿が、まぶしい。

「これは主任、ご無沙汰しています。はるばるこんなところまで、お運び戴きありがとうございます」

歓迎していないのを隠そうともしない。

「元気そうだな。いや、検察庁にいる時より顔色もいい」

陽に焼けているので健康そうに見えたが、表情が硬い。ジョンミンに対する不快感だけではなく、相当な精神的プレッシャーを受けて、神経が参っているようだ。

こんなセリョンは初めて見る。

「わざわざこんなところまでいらしてくださった理由を伺えますか」

「ファンとしての陣中見舞いだよ」

「あら、そうなんですか。ありがとう、私は元気です。でも、今はあまり人と会いたくないんです」

セリョンがあっさり部屋を出て行こうとした。

「ちょっと待てよ。実は、公務で大切な話があるんだ。なので、人払いをお願いしてくれないかな」

「キム警護官、悪いんだけど外してくれる？」

女性警護官は素直に頷いて部屋を出た。

「彼も頼むよ」

まったく二人の会話に関心がなさそうに直立不動を保っている男を、ジョンミンは顎《あご》先で示した。

「それは無理なの。私は、寝る時以外は一人でいることを許されていない。でも、安心して。彼は私の命の恩人だし、韓国語が分からない」

この男か……。軽井沢の合宿所の厩舎が火事になり、日本のSPがセリョンを救ったという話は聞いていた。男と目が合った。無表情を崩さない。

「主任、どうぞ用件を言って」

「今回の暗殺予告についてだがな。君は終始一貫、心当たりがないと主張している。だが、そんな話は誰も信じていないぞ。一体、何を隠している？」

「何も」

セリョンの厳しい瞳《ひとみ》が、まっすぐにこちらを見つめ返してきた。

「検察庁内では、君がまだ伯父上に執着しているせいだという奴もいる。だが、君が執着しているのは、それじゃないだろう？」

セリョンに答える気はなさそうだ。

「ノ・ホジン部長から直々に、私が、伯父様の事件を引き継ぐように命じられた」

「心強いです、主任。でも、そんなことをしたら、将来を失いますよ」

俺の岳父が、青瓦台の大物であることを皮肉ったつもりか、セリョン。

女性SPが、レモネードを二つ運んできた。人払いしたのだから、こんな勝手は許さないと叱ろうとする前に、セリョンが「あっ、ありがとう！」と明るく礼を言った。女性SPは一礼して再び下がった。

セリョンは一人でさっさとストローを差してレモネードを飲んでいる。

「セリョン、もう一度聞く。おまえ、何を知っているんだ？」

「極秘捜査は、同僚にすら、内容を一言も告げてはならない――。そう教えてくださったのは、主任では？」

「何事にも、例外はある。おまえが抱えている事件を私が共有すれば、おまえだけが狙われることはなくなるだろう」

「一体、どなたの差し金ですか」

それまでとは異なり、厳しく突き放した声だった。

「なんだと！」

「伯父の疑惑を担当されるとなると、猛烈に忙しいはずです。なのに、のこのこ日本にやってくるなんて。どう考えても、変でしょ」

彼女の指摘は、鋭いだけでなく、正しかった。

ジョンミンは、三日前、国情院次長のキム・インスに呼び出された。

——キム検事に会って、彼女が極秘で追いかけている事件の捜査を打ち切らせるんだ。

内容を問うと、「国家の最高機密だから、君は知らんでいい」と返された。

無駄な抵抗はせずに、命令に応じた。

日本でも脅迫が続いているという噂を聞いて心配になったジョンミンは、セリョンに会いに行く口実が欲しかったのだ。

捜査を中止するように、セリョンを説得するつもりはなかった。時間の無駄だからだ。セリョンは、一度決めたことは誰が説得しても、納得しない限り引き下がらない。

ジョンミンは、大袈裟《おおげさ》にため息をついた。

「参ったな。いや、さすがキム検事だ。すべてお見通しか。分かったよ。確かに私はキム次長から命じられて、ここにいる」

「どこのキムさん？」

ジョンミンはレモネードを飲みながら、彼女の背後に立っている日本人SPを見た。SPは直立不動のまま、壁の一点を見つめている。

ジョンミンは、右の耳たぶを引っ張った。検事同士にしか分からないサインで、国情院を指した。

「そんな方とも、繋がっているんですね」

尊敬ではなく、軽蔑《けいべつ》の眼差しが容赦なくぶつけられた。

「こう見えて、私は期待の星だからね。だが、次長は既に、君が何を追いかけているのかをご存知だった。そして、私に捜査を諦《あきら》めさせるように命じたんだ」

「では、断られたとお伝えください」

「いや、セリョンは承知した。捜査を中止し、資料を私の目の前で全て焼却したとお伝えする」

小馬鹿にするような視線を送っていたセリョンが、目を見開いた。

どうやら、意図は通じたようだ。

「御配慮ありがとうございます。でも、主任に情報を漏らすつもりはありません」

「セリョン」

「これは、私のネタだからという狭い了見ではありません。知らない方が、主任のためだからです」

久しぶりに、セリョンの優しさに触れて、ジョンミンの心は大きく揺れた。

「ありがとう。だが、検事として言わせてもらう。何かあった時に手がかりがなければ、君を救うこともできない」

「何かって？　何でしょうか、主任」

それは、言葉にしたくない。

誘拐、暗殺、何でも考えられる。

「私が死んだらってこと？」

「そんなことは、させない。だが、君の命が危険にさらされるような事態に陥った時、手がかりがなければ、救えないかも知れない」

ウソではない。

暫く黙って見つめ合っていた。

セリョンの目が潤んでいるように見えたのは、俺の希望的観測だろうか。

「ご安心を。拉致《らち》も殺害もありません。日韓の警護チームは優秀です。彼らが必ず、私を守ってくれるでしょう。でも、主任のお気持ちには感動しました。心から、御礼を申し上げます」

セリョンが立ち上がってジョンミンに近づくと、強く抱擁した。

そして耳元で囁《ささや》いた。

「ありがとう、ジョンミン。あなたは本当に大人ね。何かあった時、あなたに見つけてもらえるように、大切なものを残してあるわ」

えっ、と思った時には、セリョンはジョンミンから離れ、部屋から出て行った。

追いかけようとするジョンミンの前に、日本人SPが立ちはだかった。

「どけ！」

強く言ったが、相手にそのつもりはなさそうだ。

数センチの距離で睨《にら》み合った。

いや、睨んでいたのはジョンミンだけで、SPは機械のように無表情だった。

だが、一瞬だけその瞳に感情が宿ったように見えた。

「検事、お疲れ様でした。お帰りは、こちらです」

セリョンと入れ違いに、室内に入ってきた韓国人の警護責任者が早口で告げた。

「まだ、彼女と話がある」

「申し訳ありませんが、キム選手がお帰り戴くようにとおっしゃっています。お引き取りください」

ふざけたことを！

抗議しようと思ったが、知らぬ間にSPに囲まれていた。

「検事、どうかお願い致します」

隊長が頭を下げた。

## 10

ちくしょう《シーバ》!

部屋を出るなり、セリョンは頭の中で叫んだ。

なぜ、国情院に情報が漏れているんだ。

彼女の捜査は、国内では、ノ特捜部長と自分しか知らないはずだ。

ノ部長は、国情院を蛇蝎《だかつ》の如く嫌っている。

だとすると、誰が……。

セリョンは、思考の方向を間違えたのに気づいた。情報が漏れたのではなく、国情院のキム次長も、敵の仲間だということだ。

韓国情報機関のナンバー2が、国を売るような陰謀に関わっているなんて。

「クソ、クソ!」

自室に戻ってドアを閉めるなり、叫んでしまった。

もはや、誰も信用できない。

それどころか、周囲にいる者全てが、敵かも知れない。

この数日、夜の眠りが浅くなっていた。疲れは抜けず、トレーニングでも明らかに集中力が落ちている。

情けないが、摑み所のない恐怖に押し潰《つぶ》されそうになっている。

そんな矢先に、ジョンミンがやってきた。

最初は顔も見たくないと思ったが、自分の弱さを見せられる数少ない人物の来訪が嬉しかったのも事実だ。

だが、彼には頼れない。

信用していないわけではないが、ジョンミンには自己犠牲に酔うというか、古くさい騎士道精神のようなものがある。命がけでセリョンを守ると思い込むと、何をしでかすか分からない。

そんなことをされたら、今までの努力が水泡に帰す。

とにかく、今はあの文書の暗号をどうにかするのが先決。あれが読めなければ、黒幕の素性も摑みようがない。

しかし、東京にいては、これ以上の捜査は不可能だ。そろそろ競技だけに集中しなければならない時期だというのに。

そんな時に、ジョンミンの奴！

だが、彼なりに心配してくれているのであって、間が悪かっただけだ。

もっと用心すること。そして、競技のことだけを考えるんだ。

屋内でトレーニングできる場所を探して、体をもっと追い込もう。

そこで、「誰か！　来て！」と呼んだ。人の気配はないけれど、どうせそこらじゅうにSPが潜んでいるのだ。

すぐにノックがあって、藤田が入ってきた。

「どうしました？」

下手な英語で尋ねられたところで、セリョンは華子からもらった物のことを思い出した。

「ドアを閉めてくれる？」

藤田は素直に従って、ドアを閉めた。

掌《てのひら》に載るサイズのスマートフォンのようなマシンをデイパックから取り出したセリョンは、韓国語で「これを、あなたにあげるわ」と話した。

すると、マシンが男性の声で、日本語に変換した。

昨日、トレーニングの後で、華子がプレゼントしてくれた音声翻訳機だった。

――あなたの命の恩人は、韓国語ができないんでしょ。だったら、これが便利よ。

華子らしい思いやりに感謝した。

「ポケトークっていうそうよ。あなたが、日本語でしゃべったら、これが韓国語に翻訳してくれる」

そう韓国語で伝えたら、再びポケトークが、日本語に訳した。

「すごいっすね。でも、こんな高価そうなもの戴けません」

日本語で話す藤田の口元に、ポケトークを向けた。

藤田の日本語が、韓国語に変換された。

「いいのよ。親友のシュミット華子さんが、あなたのためにって買ってくれたの。だから、どうぞ」

まだ、藤田は受け取らない。

「女性からのプレゼントは、素直に受け取るのが礼儀よ」

「恐縮です！」

ようやく藤田が両手で受け取った。

「ちょっと、しゃべってみてよ」

「えー……、お呼びになった理由はなんですか」

「もう、野暮ね。もうちょっと、楽しいおしゃべりをしてよ」

「自分、雑談が下手で」

セリョンは思わず笑ってしまった。

「雑談できない人なんて、いるの？」

「……先程の方は、検察庁のご同僚ですか」

「ったく。ほんとに雑談ができないのね。まあ、いいわ。そうよ。しかも、元カレ。復縁を迫りにきたのよ」

藤田は困った表情になった。

「ウソよ。ちょっとした仕事の話をしに来たの。藤田さん、下の名は何というの？」

「えっと、陽介であります」

「どういう意味？」

「太陽の子という意味かと」

「素敵なお名前ね。だから、いつも元気なのね」

藤田と話をしていると、気持ちがなごむ。それで、セリョンは調子に乗った。

「そのスーツ、体に合ってないわよね」

「そうでしょうか。動きやすいように、オーダーメイドでつくったんですが」

「サイズが大きいように思うんだけど」

「最近、少し痩《や》せたかもしれません」

「夏バテ？」

「そんなものです」

セリョンは、藤田の痩せた原因に思い至った。自分のせいだ。

ずっと過酷な態勢で警護を務めているから、体力を消耗するのだ。

「最近、トレーニングをサボっておりますので」

「実は、私もトレーニングで追い込みたかったところ。それで、この近くで適当なジムを探して欲しくて、呼んだのよ。ついでだから一緒にやろう」

「いや、それはちょっと」

「どうして？　あなたは私から離れちゃいけないんでしょ。すぐにスポーツジムを探して。そして私を連れて行きなさい。これは、命令よ」

藤田の独断では、無理だという。

「じゃあ、私からあなたのボスに頼むわ。それと、陽介さん、その靴、何とかならない？」

「サイズは、合っておりますが」

「最後に手入れしたの、いつ？」

泥で汚れているだけではなく、傷だらけだ。

「覚えていません。失礼しました。SPは毎朝、身だしなみを整えなければならないのに、サボっていました。改めます」

藤田は後ずさりしながら答えた。

「じゃあ、ウチのトレーナーとおたくのチームの責任者を呼んできて」

藤田は、ホッとしたように敬礼した。

11

〝眠りネズミ〟とのランデブーには、新宿にあるバルト9《ナイン》という映画館を指定した。落ち合ったのはレイトショーの回で、この日は英国のスパイ映画が上映されていた。日本では二〇一二年春に封切られた英国スパイ映画の続編だった。

同じ職業でも、メジャーリーグと草野球ぐらいの差を感じさせる英国秘密情報部も興味深いが、それ以上に、どんな組織であっても、内なる虚飾は誰にも止められないということに安心したものだ。

約束の席は最後列の左手通路側の2シートだったが、相手はまだ来ていなかった。和仁は気にせず、冒頭から映画にのめり込んだ。

「今さら、何の用なんですか」

気がつくと、〝眠りネズミ〟が座っていた。体を前屈《かが》みに丸めて、スクリーンを観ている。

館内はガラガラで、ほとんど貸し切り状態だ。

「計画変更だ。ミッション終了後も日本に残れ」

スピーカーから、飛行機の轟音《ごうおん》が響いてくる。

「返事が聞こえない」

「約束が違います。これでお役御免になるはずでは?」

「そういう指示が出た。とにかく任務が終わっても半年は、現在の身分を続ける。以上だ」

スクリーンでは、〝どうやって敵を見極めるかだよ、ピーター〟と、主人公が若い工作員を宥《なだ》めている。

「分かりました」

「それより、使命は果たせそうか」

「どう考えても不可能な状況なのは、お分かりだと思います。ですが、命に代えても完遂します」

〝命を粗末にするな。英雄になる必要はない〟

不可能なミッションに挑む。

映画では成功しても、現実では難しい。それでも、やれと命じられれば、命を賭《か》けるしかない。

既に〝眠りネズミ〟は姿を消していた。

和仁は体をシートに沈み込ませながら、映画に集中した。

12

八月四日——今、日没を迎えた。

馬事公苑の内外を警備する日韓警護課員全員から、「異常なし」の報告があっても、藤田は警戒を緩めなかった。

まもなく十九時になるというのに気温は三〇度を超えている。選手たちは暑さをものともせずに、競技規定で決まった乗馬ウェアに身を包み、出番を待っている。

スーツの下に防弾チョッキまで着込んでいる藤田も汗を止められない。その上、五輪独特の緊張感が馬事公苑を押し包んでいて、両肩に鉛が載っているかのようだ。

本番まで、あと十五分。

片時も目をはなさず、藤田はセリョンを見守っている。

今日のセリョンはとてもリラックスしているようだ。ライバル選手たちとは、視線すら合わさないが、堂々としている。

待機馬場近くに立つ藤田を認めたセリョンが、馬を引きながら近づいてきた。

「何か」

「見てて、サニー。絶対勝つから!」

「期待しています」

陽介という名が太陽の子どもという意味だと教えた日から、セリョンは藤田を「サニー」と呼ぶようになった。

係員に呼ばれたセリョンとタンザナイトが待機馬場に入った。ここから先の警護は、競技委員会から一切認めてもらえなかった。

練習馬場に待機するSPたちは、双眼鏡を使って警戒することしかできない。

「こちらポイントチャーリー1、プリンセスは待機馬場へ移動した」

イヤフォンを通してチョ隊長の言葉が聞こえた。

暗殺者は存在するか。あるいは、脅迫は単なるこけ威しに過ぎないか——。昨夜遅くまで、日韓の警護幹部の間で侃々諤々《かんかんがくがく》のやりとりがあったと聞く。

だが、競技アリーナでノーガードになっているセリョンが最も狙撃しやすいという点では、両国とも同じ見解だ。

尤《もっと》も、そんな大胆かつ高度な技術が求められる狙撃が敢行されるだろうかという問いに答えられる者は、誰もいない。

それにしても、一体、この広大な場所でどうやって、対象者を守れというのだ。競技会場は一カ所だが、その正面にはインドアアリーナがあり、その屋根からも狙撃できる。むろん、メインスタンドの屋根の上も、格好の狙撃場所だ。テレビ中継のために組まれた櫓《やぐら》、さらには馬事公苑外の数カ所のビルの屋上からでも、狙えないことはない。

もちろんSPや特殊急襲部隊《SAT》が警戒してはいる。

それでも、夜間ゆえに死角は残る。

警備する側が圧倒的に不利ではあったが、藤田らは会場周辺の地形を徹底的に頭に叩き込んで、たとえ金メダル級の狙撃者でも、狙撃できない絶対の陣形を作り上げたのだ。

チョ隊長の指示に応じて次々と〝異常なし〟の報告が始まる。

セリョンの動きを双眼鏡で捕捉し続けていた藤田が最後に言った。

〝プリンセス1、出走まであと二人です。人馬とも異常ありません〟

こんな場所から、どうやってセリョンを守るのか。危険を少しでも感じたら、躊躇《ためら》いなくアリーナに突入する覚悟が俺にあるのか……。

続いてSAT隊員による安全確認が始まった。

「スタンド屋根1、異常なし」

「スタンド屋根2、異常なし」

全十五ヵ所の安全が確認された。

藤田は双眼鏡でセリョンの後ろ姿を見つめた。

――絶対に聞き入れて欲しいお願いがあるの、サニー。私がスタートした後は、何があっても邪魔をしないで。何としてでも金メダルを獲《と》りたい。

昨夜、セリョンに厳命された。

だが、危険を感じたらその約束は破るしかない。

必ずセリョンを守る――。それが、藤田の使命だ。

13

――わかりました。邪魔はしません。

待機馬場で、タンザナイトと呼吸を合わせていたセリョンは、藤田の瞳を思い出していた。ウソだとわかった。彼は危険を察知すれば、ただちに私を守ろうとするだろう。

この数ヶ月、孤立無援で精神的にすっかり追い詰められていたセリョンにとっては、サニーは救世主のような存在だった。五輪が終わっても、彼とは友達でいたかった。

競技順が迫り、相棒のタンザナイトの頬を撫《な》でた瞬間、迷いも不安も消えた。もはや、頭の中には思い通りの飛越をパーフェクトにこなす自分のイメージしかなかった。

スタジアムがどよめいた。

競技中のライダーが、障害前で落馬し、馬に引きずられている。

嫌な光景から目をそらして、夜空を見上げた。蒸すような日本の夏とも、あと少しでおさらばだ。

係員の誘導で、セリョンとタンザナイトはゲートを抜けた。

アリーナに入った瞬間、芝とダートが混ざったいつもの香りに包まれた。規定時間をいっぱいに使ってウォーミングアップした。

アナウンスで、キム・セリョンの名が告げられると、セリョンは「タンちゃん、ご挨《あい》拶《さつ》するよ」とゆっくりと走った。そして、アリーナ中央で静かに止まると、スタンドと審判員席に手を挙げて挨拶した。

この先は、すべてタンに任せればいい。私はタンの心に寄り添うだけ――。

集中が高まった。

次の瞬間、頭に凄《すさ》まじい衝撃がして、セリョンの視界は暗転した。

# 第四章　消された女

## 1

双眼鏡の中で、笑みを浮かべるセリョンは美しかった。

藤田は、彼女が笑顔のままで競技を終えますように、と強く思った。

突然、セリョンの額の真ん中に孔《あな》が開いた。ヘルメットが吹き飛ぶとともに、後頭部から血しぶきが上がり、セリョンが落馬した。

藤田は駆け出した。制止する係員を突き飛ばし、ゲートを越えて一気にアリーナに出た。

あり得ない！

あってはならない！

胸の中で何度も叫びながら、走った。

つんのめるようにしてセリョンに駆け寄り、その体を抱えた。

「キムさん！　セリョン！」

耳元で叫んでも、反応はない。

なんてことだ！

藤田は耳から外れたイヤフォンマイクを装着して告げた。

「プリンセス、被弾！　額を一発、撃たれています！　大量に出血、心肺停止状態です」

その時、誰かに突き飛ばされた。韓国の警護隊長のチョ・ソンウが、セリョンの名を呼びながら、心臓マッサージを試みている。だが、セリョンの体は、力なく揺れるばかりだ。

藤田は、辺りを見渡した。

どこだ。どこから撃った⁉

撃たれる直前のセリョンの様子を思い出した。彼女は、メインスタンドを見上げて手を振った。その一瞬を狙われたのだ。弾は額から後頭部に抜けていた。

だとすれば、狙撃手《そげきしゅ》はスタンドのどこかにいる……。

双眼鏡を拾うと、スタンドを見渡した。

客席はパニックに陥っている。悲鳴を上げながら逃げ出す者もいた。

関係者席を見た。全て窓ガラスが塡《は》まっている。

開け放たれた窓はない。

その時だ。スタンドの屋根の上に人の気配を察知した。

そうか、あそこか……。

藤田は、現場に集まる警護官たちとは逆方向に駆け出した。

「藤田、どこに行くつもりだ？」

背後から新垣の声が聞こえたが、振り向かなかった。

なぜだ。屋根の上は、ＳＡＴが警戒に当たっていたはずじゃないか。

「藤田、何をしている？」

イヤフォンに、菊地チーフの声が響いた。

「スタンドの屋根の上で、不審な人影を確認しました」

「それは、おまえの仕事じゃない、戻れ」

命令を無視し、藤田は走り続けた。

スタンドの構造を思い出しながら最上階まで階段を駆け上がる。

途中までは、二段飛ばしで上がれたが、息が上がって足がもつれた。無様な体力にカツを入れ、残りを一段ずつ上った。

「藤田、聞こえるか。屋根にはＳＡＴが向かっている。おまえは戻ってこい」

自分はそのＳＡＴより先を行っているはずだ。止まるわけにはいかない。

最上階に着いて、息を整えた。

「藤田です。私が一番乗りのようなので、屋根に上ります」

安全装置を解除して梯子を上がる。屋根へ出るハッチを押し上げながら、銃を構えた。

屋根の上は暗く、その先にある照明のせいで逆光になり、何も見えない。必死で目をこらすとスタンド中央付近の屋根の縁《へり》に、二人倒れているのが見えた。

「屋根の上に到着。人が二人、倒れて動かない。安否を確認する」

そう告げてから藤田は、倒れている二人に近づいた。

手前にアサルトスーツを着た男が仰《あお》向《む》けに倒れていた。喉《のど》に銃創があり、脈はなかった。

その先に、もう一人男が倒れていた。こちらはボディスーツを着ているだけの軽装だった。胸に何発か撃ち込まれていた。遺体はそれぞれ右手に拳銃《けんじゅう》を握りしめている。

屋根の縁に巨大なスナイパーライフルが転がっていた。

「二名の死亡を確認。一名は、警視庁のSAT隊員と思われる。もう一名は、狙撃犯か。その人物のそばに、スナイパーライフルを確認」

その時、SAT隊員がなだれ込んできた。

2

三十分前――。

イ・ジョンミンは、韓国応援団席の一角で、セリョンの登場を待っていた。

セリョンの宿舎を訪問後、「セリョンは、捜査を諦《あきら》めました」とキム次長に報告した。

さらに人けのない場所で、事件ファイルのような文書を、燃やす動画も撮影して送った。

それでも、キム次長は納得していないようだったので、「セリョンは、検事を退職するつもりのようです」とでっち上げた。

理由として、「命を狙われてまで続ける気はなく、馬術に専念したいそうです」と、わがままな令嬢がいかにも言いそうな理屈を添えると、ようやく次長は、納得した。

だから、狙撃される心配はない——、はずだった。

なのに、胸騒ぎが治まらない。それどころか、どんどん酷《ひど》くなっている。

これは、検事の勘なのだろうか。

以前、「ジョンミンは、時々事件の勘が冴《さ》え渡るわよね、羨《うらや》ましい」と、セリョンに言われたことがあった。だが、ジョンミンの勘は、悪い時にしか当たらない。

「仕事一辺倒だと思っていた君が、わざわざ休暇を取って応援に来るとは思わなかったよ。いやあ、見直した」

ソウル中央地検からやってきた応援団の一人である次席検事が嬉《うれ》しそうに言った。彼は、韓国の国旗をあしらったハチマキに、セリョンカラーであるタンザナイト・ブルーに染めた半被《はっぴ》まで着て熱烈な声援を送っている。バカバカしいと思いつつ、何もしない方が目立つ。ジョンミンもはちまきを巻いていた。

「いよいよ次だぞ」

愛馬に乗ったセリョンがアリーナに現れた。

「セリョ～ン、金メダルだあ！」

半被と同じ色のメガホンを口に当て、次席が叫んでいる。

ジョンミンはオペラグラスでセリョンを追いかけた。

いい顔をしている。千両役者というべき輝きがあった。

頑張れ、セリョン！

心の中で呟《つぶや》いた。

「ほら、ジョンミン。恥ずかしがらずにこれで応援しろ！」

メガホンを押しつけられ、ジョンミンは渋々受け取った。

愛馬と共に、ゆったりとウォーミングアップをしていたセリョンが、馬場の中央で静止した。そして、こちらを向いて手を振った。

「セリョン！　ファイト！」と叫んだところで異変が起きた。突然、セリョンがのけぞって、落馬したのだ。

なんだ、何が起きた？

会場中に大きなどよめきが起きた。

「何が起きたんだ！　ジョンミン」

次席の叫びを無視して、ジョンミンはスタンドの階段を駆け下りた。観客の一部が、パニックになって右往左往しているために、なかなか前に進めなかった。

「どけ！」

韓国語で何度も叫び、人を押し分けて最下段まで下りた。

だが、そこから先は、警備員が立ちはだかった。

身分証をかざしたが、まったく効果がなかった。セリョンの周囲に人が集まっていく。状況は見てとれない。

クソ！　誰か英語か韓国語が話せるヤツはいないのか。

あたりを見渡したが、とにかく大混乱していて身動きが取れない。

場内放送も流れているのだが、人々の叫びで何も聞こえない。

メインスタンドの方を見上げると、仁王立ちになった韓国大統領の姿が目に入った。

その胸中は、今、いかばかりだろう。

大統領には子どもがいない。セリョンを娘のように愛していた。自慢の姪《めい》であると同時に、彼を破滅に追いやる捜査の陣頭指揮を執っていた疫病神でもあった。

その時、誰かに肩を摑《つか》まれた。

振り返ると、知った顔だった。

「チャン先輩」

元検察官で、現在は国情院の幹部になっているチャン・ギョングが「一緒に来い」と言った。

逃げ惑う観客をかき分けてバックスタンドに進むと、関係者専用と書かれたドアの前に立つ警備員に身分証を見せた。チャンが日本語で説明すると、ドアが開かれた。

「大統領命令で、おまえをこの事件の捜査責任者に任命する。私もサポートするが、事件捜査の腕は、おまえの方が上だからな」

「捜査って、ここは日本ですよ」

「それがどうした。撃たれたのは、我が国の至宝だぞ。しかも大統領の身内だ。おまえが解決しろ」

捜査権を持たない韓国の検事に、何ができるんだ。しかも、まだ何が起きたかも定かでない段階で、この段取りの良さは、何だ。

チャンは制止してくる係官の壁を次々と突破し、アリーナに降り立った。

日は暮れているのにここの暑さは、スタンドの比ではなかった。じっとりとした湿気が重くよどんでいる。

首筋に汗が滲《にじ》んだ。

次に二人を止めたのは、武装した日本の警官だった。この相手には、チャンの神通力も通用しないようだ。警官は首を振って頑として道を譲る気配がない。

するとチャンは、警官の背後にいる人物に「ソンウ」と叫んだ。

スーツ姿の体格の良い男が駆け寄ってきた。見覚えがあった。セリョンを警護している韓国SPの隊長だ。

ソンウが日本人の警官に説明すると通行許可がおりた。

「申し訳ありません！」

チャンに向かって隊長が詫《わ》びている。

「助からないのか」

悔しそうに首を振った。

「狙撃犯の目星は？」

「不明です」

チャンが、いきなりソンウの胸ぐらを摑んだ。

「二十四時間以内に、逮捕しろ。ここにいるイ・ジョンミン検事が、捜査の指揮を執る。全員、彼の指示に従え」

その一言で、ジョンミンは冷静さを取り戻した。

「何か手がかりは？」

「日本のＳＰが一人、スタンド目がけて駆け出しました。屋根の上に人影を見たとかで」

「狙撃者か。確認してこい」

「検事、それは、我々の任務ではありません」

「死人を警護する必要はない。いいか、もはや通常の手続きや、ＳＰの職責などにとらわれているヒマはないんだ。失態を挽回《ばんかい》するために命を張れ」

「了解しました！」

隊長が駆け出すのを見送ってジョンミンは人だかりの方を見た。人の輪の中心で、セリョンが空を仰ぐようにして倒れている。

セリョン……。本当に逝ってしまったのか。

「ジョンミン、遺体を確認しろ」

チャンが命じると、人の輪が二つに分かれた。ジョンミンは絶命しているセリョンに近づいた。

両目に光はないものの、驚いたように見開かれ虚空を見上げている。

セリョン……。

奥歯を嚙《か》みしめて、彼女の額の銃創に触れようとした。

「触らないで！」

英語で注意されて、伸ばしかけた手を止めた。

「検死と鑑識の捜査が終わるまで触らないで下さい」

いつもなら、おまえ、俺を誰だと思っているんだ、と脅しつけるところだが、ここは東京だった。

3

和仁は、騒然とするスタジアムの片隅で、双眼鏡を構えていた。

韓国の至宝は即死したようだ。

そして、厄介な男がレンズの視界に姿を現した。

チャン・ギョング。なんでここにいる？

国家情報院テロ対策室長という肩書きを持つチャンは、政権に楯突《たてつ》く不満分子をいち早く察知し処理する役割を担っている。

その対象には、北朝鮮の工作員も含まれている。

チャンが現場に姿をみせることは滅多にない。国情院のコントロールルームに陣取り、複数の工作員を駒のように動かして、ターゲットを追い詰め殲滅《せんめつ》するのが、チャンのやり方だった。

大統領が姪の試合を観戦に来たからか、それとも、俺たちの作戦を察知していたのだろうか。

いや、もう一つある。

奴が、セリョン暗殺に関わっている可能性だ。

チャンの隣には、長身のイケメンが立っている。初めて見る顔だ。

和仁は望遠レンズを付けた一眼レフを構えると、数回シャッターを切った。

「よくチケット取れたわね。そんなに馬術が好きだったの」

耳元で女性に囁《ささや》かれて、驚いた拍子にカメラに額をぶつけてしまった。

日本チームの赤いキャップを目深に被《かぶ》り、白いTシャツに黒のジーパン姿の女性が、隣にいた。

「脅かすなよ、怜ちゃん」

こんな場所で会いたくないワースト3の一人が、カメラを覗《のぞ》き込んできた。

「修行がたりないんじゃないの、和尚さん」

「未熟者だからな。おまえさんこそ、いつから馬術ファンになったんだ」

「私、乗馬の腕もなかなかなのよ。バイクだけじゃないの」

確かドゥカティのパニガーレに乗っているはずだった。

「それに、日本代表のシュミット華子ちゃんが、お友達なの。その応援」

いくら友達だろうが、怜が誰かを応援するなんてあり得ない。きっと別の目的があるのだろう。

「それより和尚さん、なんでチャン・ギョングがここにいるわけ？」

「誰のことだね」

「惚《とぼ》けないで。国情院のスパイハンターの親玉を知らないなんて、言わせないわよ」

確かに白々しかったかも知れない。

「怜ちゃんは、どう思う？」

「さあ。考えるのは、私の仕事じゃないから」

「親父さんも来ているのか」

「私一人、親父は別件で忙しい」

冴木は、レイチェル・バーンズの捜査に追われている。

「チャンの隣のイケメンは、誰？」

「知らんな。だが、部下ではなさそうだ」

「さっき撮ってた写真、一枚頂戴《ちょうだい》ね」

すっかり観察されていたのか。

「で、和尚さん、ここに来た目的を教えてよ」

「あんたと、おんなじ理由だよ」

「あれは和尚さんの祖国の仕業《しわざ》？　それで現場責任者として見届けに来たとか」

「ウチに、あんな凄《すご》いスナイパーはいないよ」

「確かに凄腕だわ」

この娘には、恐怖とか死者に対する衷心とかがないのだろうか。まるで、プロ野球投手の変化球のキレの良さを褒めているようにしか聞こえない。

「誰がやったと思う？」

「言ったでしょ。考えるのは、私の仕事じゃない。写真をよろしくね」

怜は右手を和仁の前に出した。

「なんだ」

「口止め料。ウチの親父が、必死にレイチェルの捜査やってんのに、それを放ったらかして、和尚さんが馬事公苑で油売ってたなんて知られるの、まずいでしょ」

理由はよく分からないのだが、この娘はあちこちで、こういう小遣い稼ぎをする。カネには困っていないはずなのだが。

「いくらだ」

「一本でいいよ」

財布から一万円を出すと「冗談キツいなあ」と鼻で笑われた。財布を取り上げられて中身をチェックされた。

「しけてるねえ。一万円は残しといてあげるわ。不足分の五万円は、今度集金に行くから」

怜は立ち上がり、人混みに消えた。

完全に姿が見えなくなったのを確かめた上で、先程ズボンのポケットで振動していた携帯電話を開いた。

本国からのメールだった。

〝どういうことだ。詳細を報告しろ〟

4

六本木ヒルズのレストランの個室で夕食を摂っていた冴木は、煮え切らない態度の同席者に酒を勧めた。

「あんたらが、何もしていない、知らないというのは理解してやってもいい。ただ俺にレイチェルの報告書を見せてくれればいいんだ。無茶なお願いじゃないだろ」

「無茶なお願いに決まってるだろう。我々は、軍とは関わらないんだ」

顔色ひとつ変えず、CIA東京支局長のマイケル・ウォーレンは、惰性で酒を受けた。何を言ってやがる。ベトナム戦争以来、CIAと軍は一蓮托生《いちれんたくしょう》、同じ穴の狢《むじな》のくせに。

「じゃあ、DIAにいるあんたの友達を紹介してくれ」

「DIAに、友達はいない」

「マイク、おまえは俺にいくつ借りがあるか忘れたのか」

ヒラの情報局員として赴任して以来、東京駐在が延べ十一年に及ぶウォーレンも、赴任当初は日本社会に馴染《なじ》めず苦労した。それをフォローしてやったのが、冴木だった。

獺祭《だっさい》を水のようにあおってから、ウォーレンは大きなため息をついた。

「それは感謝している。だがな、今回は無理なんだ」

「理由は？」

「言えない」

そんなものは通用しないという意思表示を、冴木は目で訴えた。ウォーレンはまた勢いよく酒を喉の奥に流し込んだ。さらに注ぎ足そうと伸ばした手首を、冴木は握りしめた。

「ここを押さえたら、激痛が走るのは知ってるな」

合気道の手ほどきをしてやったことがある。筋が悪く、まったく上達しなかったが、技の効果は身に染みて知っている。

「わかった。話すから、それだけはやめてくれ」

力を緩めると、ウォーレンはうなりながら手を引いた。

「この件については、一切手出し無用という命令が、ラングレーから出ているんだ」

「ラングレーとは、誰を指す？」

「副長官だ。どうやらホワイトハウスも絡んでいる」

「つまり、バーンズ中佐は、大統領命令で何かを調査していたということか」

ウォーレンが口ごもった。

「逆か」

彼女の調査が、ホワイトハウスの怒りを買ったということだ。

ウォーレンの顔がイエスと言っていた。

「彼女は、本国でも煙たがられていた」

「どういう意味で？」

「中佐は理想主義者だ。綱紀粛正を訴え、不正や腐敗の摘発に没頭していた。だが現実の軍隊は理想だけでは動かせない。だから、日本に飛ばされたんだ。なのに懲りず、またブラックボックスを覗きたがった」

「それが、大統領の怒りを買ったのか」

「話を飛躍させるな。俺は大統領とは言ってない。ホワイトハウスの誰かだ」

ホワイトハウスが隠したがる在日米軍の不正とは何だ。

「沖縄がらみか」

「本当に知らないんだ。俺が知っているのは、ホワイトハウスが神経質になっている案件で、彼女は虎の尾を踏んだということだけだ」

「ちょっと待ってくれないか。そんなデリケートな案件を、中央情報部が何も知らないなんてことがあるのか」

「知ってるだろう。中央なんてのは、もはや名ばかりだ。アメリカのインテリジェンスの実権は、国家情報長官《ＤＮＩ》が握っている」

アメリカ連邦政府には、十六の情報機関が存在する。そのインテリジェンス・コミュニティーを統括するのが、ＤＮＩだ。かつては、ＣＩＡ長官が、文字通りアメリカの情報機関を束ねていたのだが、関係各省個々にインテリジェンス機関が乱立。ＤＮＩが連邦政府のインテリジェンス・コミュニティーの人事・予算を統括するようになった。

その結果、ＣＩＡ長官は、一情報機関のトップに成り下がってしまったのだ。

「情けない限りだな。自分の国の重大機密をＣＩＡが知らない日が来るなんて」

「言ってくれるな」

ウォーレンが酒のお代わりを求めてきた。

「これ以上酔っ払う前に教えてくれ。日本で、ＤＮＩと直接繋《つな》がっているのは誰だ」

「答えて欲しいなら、俺の再就職先を紹介してくれ」

「何を言ってる。あと二ヶ月勤めれば引退して莫大《ばくだい》な年金をもらえるご身分だろ」

「来月でクビになるんだ。しかも、年金は出ない」

また、不祥事を起こしたのか……。

「何をやった？」

「酒を頼む」

「マイク」

「酒だ」

致し方なく注文した。

やがて、獺祭の四合ビンが運ばれてきた。冴木がグラスに注いでも、ウォーレンは手を出さなかった。

「儲《もう》け話があったんだ。それで、ちょっと調査費を使ったんだが、それが詐欺だった。気づくと深みにはまっていた」

「いくらだ」

「一〇〇万ドル」

「なんで、もっと早く俺に相談しなかった」

「俺はおまえとの約束を破ったんだ。どの面下げて、頼める」

二度とつまらぬ儲け話に乗らないと約束したのは、五年前だ。その時は、冴木がカネを融通して事なきを得た。そして、二度とやるなと約束させたのだ。

「大丈夫だ。沈黙して引退するのを条件に、上層部が借金を返してくれた」

ウソだ。アメリカはそんな優しい国じゃない。懲戒免職にして退職金は没収、それに年金を加えてもまだ足りなければ、ウォーレンからむしり取るだろう。

「生活できるのか」

「女房は出て行った。息子二人は、何とか自活している。あとは俺が野垂れ死ぬだけだ」

「それで、日本のDNIの輩下は誰だ？」

ウォーレンは手帳を取り出して、走り書きをして、紙片をちぎり取った。

ある人物の名前と、携帯電話の番号が記されていた。

知っている名だった。

ウォーレンが酒を口元に運んだ時、スマートフォンが振動した。

怜からだ。

〝韓国の馬術の女王が、射殺された。

なぜか、スタジアムに和尚がいた〟

5

「まだ、分からないの！　あなた、あの男に騙《だま》されているのよ！」

茹《う》だるような暑さが充満した取調室で、望月が、テーブルを叩《たた》いた。

中村は聴取の様子を眺めながら、参考人より先に刑事の方がへばりそうだと思った。

署の建物自体が古く、冷房が利かない。そのせいで、室内にいる全員が首筋に汗を光らせている。

狭い取調室の隅に置いたパイプ椅子から立ち上がると、中村は鉄格子の塡まった窓を開けた。

心なしか涼しげな風が入ってきた気がする。

「ねえ、黙ってないで答えなさいよ」

生活に疲れ果てた二十三歳の女性参考人が、一歳になる息子を殺した同棲《どうせい》相手の男を庇《かば》って虚偽の供述をしたのを、望月は引っくり返そうとしていた。

「刑事さん、信じて下さい。アキラは、お姉ちゃんとお留守番している間に、寝返りに失敗して窒息したんです」

女は同じことばかりを繰り返している。

「二人で留守番してたんじゃなくて、崎山《さきやま》も一緒だったんでしょ。アキラ君が亡くなったと推定される時刻に、崎山があたふたとアパートから飛び出して、同じアパートの住人とぶつかっているのよ」

「だから、それは俊《しゅん》チャンじゃないです。俊チャンは、私と二人でパチンコをしていたんです」

望月が数枚の写真を机の上に並べた。

「これ、あなたの大切な俊チャンでしょ。この数日、キャバクラの女とホテル通いをしてるけど、知ってるの？」

女が食い入るように写真を見つめている。

彼氏が裏切っていることを教えて、参考人に見切りを付けさせようと、望月が崎山を尾行して撮ってきた。

「これは、俊チャンじゃありません」

また、望月はテーブルを強く叩いた。

「俊チャンなの！　私が、あなたの部屋から出てきた崎山を尾行して、この写真を撮ったんだから、間違いない」

「それって、人権侵害じゃないんですか」

社会常識や道徳心に欠けているような相手から、思わぬ四字熟語が出てきて、中村は苦笑いした。

「刑事さんは、心から男を愛したことないでしょ。だから、あたしの気持ちがわからないのよ」

望月が遂《つい》に立ち上がった。

「ちょっと！　いい加減にしなよ！　あんた、あたしの何を知ってんだ！」

「望月、落ち着け」

中村は、望月と席を替わるように促した。

「里実《さとみ》さん、アキラ君はね、寝返りに失敗して亡くなったわけじゃない。腹部に数ヵ所殴られたか蹴《け》られたかした痕《あと》があってね。その上、顔に枕を押しつけられたために、嘔《おう》吐物《と》が喉に詰まってたんだ。寝返りの失敗では、そんなことは起きない」

本来、捜査一課の殺人担当班が扱う事件ではなかった。だが、所轄の玉川署《たまがわ》が複数の強行事件の捜査に追われていて、応援要請が来た。

中村が望月とベテランの巡査部長の二人を派遣したところ、望月が丁寧な捜査を重ね、アキラの母親、田辺《たなべ》里実と同棲している男が容疑者として浮上した。

しかし、里実は「アキラが死んだ時、俊チャンと私は、近所のパチンコ屋に一緒にいた」と崎山を庇っている。

「刑事さん、アキラが殺されたんだとしたら、それは泥棒のせいですよ。ウチらの留守中にやられたんです。お金とアクセサリーも盗られてる」

「あんた、適当なこと言うなよ！」

参考人の背後に立つ望月が怒鳴るのを、中村は目で制した。

「崎山さんが、普段から二人の子どもに暴力をふるっていたという証言があります。近所の人の通報で、児童相談所の人も訪ねてきているよね」

「あれは、お節介のクソババアが、意地悪しただけです。だって、児相の小父《おじ》さんは、何も見つけられなかったんですよ」

疑わしいが、確証を得るまでには至らなかったと、世田谷区児童相談所のカウンセラーは証言している。

――多少の問題があるという程度では、強制的に子どもを親権者から引き離すのは難しいんです。

担当カウンセラーは責任逃れを平然と口にしたと、望月が怒っていた。

だが、家庭内暴力を特定するのは、なかなか難しいものだ。

「あんたをパチンコ屋で見たという者はいるけど、崎山さんが一緒だったという証言はない」

「でも、いなかったという証拠もないでしょ」

それが、望月の限界だったようだ。

彼女はICレコーダーを取り出して再生ボタンを押した。子どもの声が流れてきた。

〝アキラはね。泣き出したら止まらないんだよ。泣き声も大きいし。だから、みんな迷惑するの。

あの時も、急に泣き出して。

そしたら、おじちゃんが怒ってね。アキラをぶったり蹴ったりしたの〟

〝おじちゃんて？〟

〝俊チャン〟

そこで、望月は再生を止めた。

さすがに里実は顔が引きつっていた。

「笑美《えみ》ちゃんは、全部見てたのよ。でも、黙っていた。あなたが、黙っていろって言ったから」

「こんな子どもの話を、信じるんですか」

「なんだって。あんた、それでも母親なの?!」

望月が、胸ぐらを摑んだのを制して、中村が言った。

「なあ、里実さん、崎山さんはあんたがそこまでして庇う値打ちのある男なんだろうか。定職を持たず、あんたの僅《わず》かばかりの稼ぎを当てにしている寄生虫だ。しかも、さっき、荷物をまとめてあんたの家を出たそうだ。このお姉ちゃんと一緒にね」

中村は、キャバクラ嬢の写真を太い指で叩いた。

そこで立ち上がり、望月に席を替わった。

望月は、なんとか長女の証言を使わずに、白状させたがっていた。だが、結局それは果たせず、その上、女は頑強にウソをつき続けている。

「アキラ君て、笑い顔が可愛いよね。ほら、この写真なんて、そのままポスターに使えそうだ」

望月が、死んだ幼児の写真を並べた。

「アキラ君の笑顔を見ていると、辛《つら》いことも忘れられるって、保育園の先生に言ってたそうじゃない」

里実の顔が虚《うろ》ろになった。

ぼんやりと息子の写真を眺めている。

そして、大粒の涙が、写真の上に落ちた。

やがて震える指を写真に這《は》わせた。

「俊チャンは、殺す気はなかったって。ただ、泣き声がうるさかったから、口に枕を押しつけただけだって……。そうしたら、息をしなくなったって」

望月が大きなため息を一つ、落とした。

窓の外がやけに騒々しかった。

何台ものパトカーのサイレンが響く。ヘリコプターのローター音も聞こえてくる。

一体、何事だ。

中村が窓から覗くと、馬事公苑上空をヘリコプターが二機旋回していた。たしかオリンピックの馬術競技が行われていたはずだ。

携帯電話が振動した。

一課の管理官からだ。

中村は、取調室を出て応答した。

「中村さん。今、玉川署ですよね」

「そうですが」

「そちらの案件はひとまず置いて、馬事公苑に急行願います」

「何事ですか」

「金メダル有力候補の韓国選手が狙撃されたようで。あなたが、一番近くにいらっしゃるので、ひとまず現場を仕切って載《いただ》きたい」

6

第一発見者として事情を聴かれることになり、藤田は大会本部が用意した会議室の一つで聴取を受けた。

取り調べの担当は、刑事部ではなく、公安部外事課らしい。担当だという男が二人来たが、よく似た顔つきでまるで双子のようだった。

「狙撃場所が、スタンドの屋根だとわかった理由を教えてくれないか」

聞き役は右側に座っている男だ。そう言えば、名前も名乗らない。

「キム選手が狙撃された場所から周囲を見渡したところ、屋根の上に人影が見えました」

「ほう、藤田巡査部長は千里眼なんだな」

「いいえ。狙撃の状況から判断して、スタンドの屋根の上ではと。注視したところ人影が見えました」

「冷静だね」

「と、おっしゃいますと」

「君はキム選手のお気に入りで、ずっとそばで警護していたんだろ。その対象が無惨に射殺されたのに、動揺しなかったのか」

何が言いたい？

「激しく動揺しました。罪悪感も抱きました。だからこそ、狙撃犯を捕らえたいと考えたんです」

「それは、SPの仕事じゃないよな」

「警察官として、当然の行為では？」

「おい赤尾《あかお》、聞いたか。こいつは俺たちのあるべき姿を、ご教示してくださるみたいだぞ」

「ふざけた野郎だな、おまえは。いいか、自分がどんな不始末をしでかしたか分かってんのか」

「おっしゃっている意味が分かりません」

「おまえらボンクラSPどもは、見事に犯人に出し抜かれ、対象を殺されたんだ。今すぐ、ここで切腹したらどうだ」

なんだ、このつまらない挑発は。

「失礼ですが、これは何の取り調べですか。自分は、屋根の上の遺体発見者として、聴取されているのではないのですか」

いきなり胸ぐらを摑まれた。

「おまえは、我が国の恥さらしなんだ」

答えるに値しない。

藤田は唇を結んで、相手を睨《にら》み返した。

そこに、年嵩《としかさ》の男が入ってきた。二人は一斉に立ち上がると目礼した。

「狙撃場所を特定したのは、君か」

藤田が頷《うなず》くと、年嵩の男は二人のバカを退室させてから、名乗った。

「警察庁警備局五輪警備対策室次長の戸村《とむら》だ。君は？」

はるか雲の上の人物であると知って、陽介は起立し敬礼した。

「警視庁警備部警護課第五係第三班、藤田陽介巡査部長であります！」

「君が藤田君か。座りたまえ」

なぜ、警察庁のお偉いさんが、自分の名を知っているのだ。

「それで、スタジアムでの出来事だが」

藤田は、二人の遺体発見時の様子を、できるだけ詳細に述べた。

「知っていると思うが、あの場所には二人のSATを、配置していた。だが、遺体で発見されたのは一人のSATと、身元不明の男だ。もう一人がいた痕跡《こんせき》は？」

「ありませんでした。屋根に上った時に、端から端まで目視確認しましたが、遺体が二つあっただけです」

テーブルに二枚の写真が並べられた。二人とも制服姿の警官だった。

「君が発見したのは、この本所淳紀《ほんじょじゅんき》巡査部長だ」

すると、右側にある写真のSAT隊員が行方不明なのか。

「こちらは？」

「第三小隊長の毒島実《ぶすじまみのる》警部補だ。現場に向かう途中に、彼を見なかったか」

もう一度記憶をさらってから答えた。

「見ていません」

戸村が椅子の背もたれに体を預けて、ため息をついた。

「この毒島小隊長が、暗殺に関係していると？」

「それは分からない。だが、本来いなければならない人物が現場から消えた以上、捜査が必要だろ」

「不詳の遺体はどうでしょうか？　何か目星はありますでしょうか」

「分からないから、不詳なんだろう。君に心当たりはないのか」

「いえ。ただ、体格から、スナイパーライフルを扱えるようには見えませんでした」

戸村が口をすぼめて考えている。

「スナイパーライフルに詳しいのか」

「詳しいというほどではないのですが。自分は警視庁の射撃部に所属していたことがあるので」

「種目は？」

「五〇メートル・ライフルです」

「スナイパーライフルを撃つには、体格が良くないとダメなのか」

「次長は、現場遺留のライフルをご覧になりましたか」

「いや、まだ、見ていない」

「あれは、おそらくレミントンM700だと思われます。対物狙撃銃ほどではないにしても、反動の大きさを考えると、不詳のような華奢《きやしや》な体では扱えないかと」

「ほかに、屋根の上で不審な物を見なかったか」

「何も気づきませんでした。しかし、」

そこまで言いかけてやめた。

「遠慮するな。気づいたことがあるなら、言ってくれ」

「僭越《せんえつ》ながら、発見時の様子では、本所と不詳が撃ち合ったように見えます。しかし、実際には狙撃が実行され、成功しています。その間、SATの二人は何をしていたんでしょうか」

「それは重要な指摘だな。本来なら不審者が屋根に上っただけで、SATに発見されるはずだが、誰もそんな連絡をしていない。だとすると本所は、狙撃犯が成功するまで射殺を待ったことになる」

藤田もその点が気になっていた。

「この状況を、君はどう考える？」

「それは、私の役目ではありません」

「個人的意見でいい。推理したんだろう」

確かに推理した。今は確信に近いが、言いたくなかった。

「藤田君、遠慮している場合じゃないだろ」

「考えられるのは、毒島警部補がスナイパーである可能性です。屋上で位置についたところで、本所巡査部長を殺害します。さらに、自分の身代わりの人物も殺してしまう。その上でキム選手を狙撃し、逃亡を図る――」

「藤田！」

「はい！」

「その話は、誰にもするな」

藤田は大きく頷いた。

「戸村次長、お願いがあります」

「何だ？」

「自分も捜査に参加させて下さい。身の程知らずの無茶をお願いしているのは分かっています！　しかし、自分は命に代えてもキム選手を守ると約束したのに、果たせませんでした。万死に値する失態です。なので、ぜひ、捜査の一員に加えて戴けませんか！」

藤田は頭を下げたが、戸村は無視した。

7

大混乱は一向に収まらない。

警視庁の機動隊や私服刑事が大勢集まってきてからは、チャン・ギョングが振りかざす韓国政府代表という大義名分も通じなくなり規制線の外に追いやられてしまった。

オリンピック実行委員も「日本警察の初動捜査に協力して下さい」と連呼するばかりで、ジョンミンにとっては、もどかしいだけの時間が過ぎていた。

そんな最中に、さらなる難題が降りかかった。

「大統領閣下が、キム選手に会いたいとおっしゃっている」

チャンが渋い顔で吐き捨てた。

狙撃現場に、VIPが姿を晒《さら》すのは危険だった。

「安全が確保できないのでは？」

「そう思うなら、おまえが閣下を説得しろ、ジョンミン」

そう言われると、返しようがなかった。チャンは実行委員に大統領の要請を伝えている。

だが、「安全が確保できません。自重ください」とにべもなく断られた。

「ご存知だと思いますが、大統領は被害者の伯父《おじ》でもあるんです。親族を悼《いた》む気持ちへのご理解をお願いします」

高飛車なチャンが精一杯へりくだり、頭まで下げている。

「これ以上、不測の事態が起きるのは困ります。絶対に認められません」

「そんな態度だと、我々は日本政府が韓国大統領を差別したと訴えますよ」

思わず口走ったジョンミンを、実行委員が容赦なく睨みつけた。

「これは、日本政府の決断じゃない。国際オリンピック委員会の見解です」

ハンセンという名の実行委員は、オランダ人だという。既にチャンは、実行委員の説得を諦めたようで、誰かに電話をかけている。

「イ検事、隊長からです」

女性のSPが無線機を差し出してきた。

「なんだ」

「規制線が張られて、屋根に上がれません」

「突破しろ」

「無理です。侵入したら逮捕すると脅されました」

くそったれめ！

「スタンドの屋根から狙ったのは、間違いないのか」

「情報も一切もらえません。とにかく、ここから立ち去れの一点張りで」

「一緒に警護していた日本のSPはどうした？」

「彼らが今どこにいるかも不明です」

「捜せ！」

「了解です。それと不確定ですが、狙撃犯は既に射殺されたという情報があります」

「どこからの情報だ」

「日本の警官たちのやりとりで知りました」

「もっと確かな情報を取れ」

無線機を女性SPに返そうとして手を止めた。

「これは、俺が使っていいか」

「どうぞ」

「君の名前は？」

「パク・ジョイン巡査部長であります」

「日本語はできるか」

「はい」

「急な話で悪いんだが、秘書が必要だ。しばらく副官として、私と一緒に行動してくれ」

パク巡査部長は戸惑っている。

「先程、あそこにおられる国家情報院テロ対策室のチャン・ギョング室長から、キム・セリョン選手暗殺事件の捜査責任者を命じられた。君ら警護課員も全員、私の配下となる。了解したか？」

「了解しました！　パク巡査部長、イ検事の副官を務めます！」

彼女は踵《かかと》を合わせ敬礼した。

「日本の藤田というSPを知ってるか」

「はい！」

「彼に会いたい。捜せ」

電話を終えたチャンに肩を叩かれた。

大勢の護衛官に守られて韓国大統領がこちらに向かっていた。

8

「もう少し呑《の》みたい」というウォーレンを残して、冴木は個室を出ると、怜に電話を入れた。

「おまえ、なんでそんなところにいるんだ」

「言ってなかったっけ？　日本代表の応援に行ったら、とんでもない場面に出くわしたわけ」

そう言えば、友達が馬術で五輪に出るというのを聞いたことがある。

「まだ、現場にいるのか」

「とりあえずは。でも、観客は速やかに退場するようにと言ってるから、用事がなければ、撤収するけど」

「もう少し残って、情報収集をしろ」

「それはいいけど、ツボはどこ？」

「分からん。だが、胸騒ぎがする。何より、なんで和仁が、そんなところにいるんだ」

「あのお惚け和尚が、しゃべるわけないじゃない。ただ、ある人物を見て驚いていた」

尋ねると、「チャン・ギョング」だという。

「そう言えば、大統領も来てたわよ。父さん、なんだか、面白いことになりそう」

仮にも一人の女性の命が絶たれたのだ。「面白い」とは不謹慎だ。だが、怜はそういうモラルを持ち合わせていない。

「とにかく情報収集だ。俺は事務所に戻る」

「そっちの収穫は？」

「古き良き時代のスパイがお払い箱になったという悲しい話を聞かされただけだ」

ウォーレンが書いたメモの内容は伝えなかった。

電話を切ると、冴木はヒルズクラブの支配人を呼び、ウォーレンを託して、一人で店を出た。

ウォーレンは、在日米国大使館特別補佐官リック・フーバーの名を記した。

大物であるだけでなく、東大や政策研究大学院大学の教授を務め、メディアにも頻繁に顔を出していた。

いわゆるジャパン・スクール（知日派）と呼ばれる研究者の中には、インテリジェンスと密接な関係を持つ者もいるし、現地情報員もいる。だが、フーバーは大の親日家として知られた有名人で、過去にアセットだという情報を耳にしたこともなかった。

それが、国家情報長官と繋がっているとは……。

エレベーターで階下に降りるまでの間に、早見にメールを打った。

〝大至急会いたい〟

六本木ヒルズから出たところで、早見から返信が来た。

〝私もお会いしたい用件があります。事務所にお邪魔します〟

事務所まで歩いて十五分ぐらいかかる。その間に、冴木はウォーレンから聞いた話を整理した。

レイチェル・バーンズは、ホワイトハウスが神経質になっている案件を刺激して殺された可能性が高い。

しかし、そんな案件が、日本にあるのだろうか。

沖縄の普天間《ふてんま》基地移転問題など、米軍関係に不穏なものはある。しかし、ホワイトハウスが神経質になるような話など聞いたことがない。

対中、対ロ関係で、新しい作戦でも考えているのだろうか。

その手の話は、軍部に複数の情報源があっても、簡単には察知できない。

そこで、冴木は足を止めた。ウォーレンの言葉を思い出したのだ。

――綱紀粛正を訴え、不正や腐敗の摘発に没頭していた。だが現実の軍隊は理想だけでは動かせない。だから、日本に飛ばされたんだ。

バーンズ中佐は、日本に来るまで、ペンタゴンの内務調査班にいた。

そこにいた彼女が左遷される理由とは何だったんだ。

9

韓国大統領は、二十人以上のSPに周囲を守られながら、アリーナを歩いている。

どう対処すればいい！

ジョンミンとは違い、国情院テロ対策室長チャン・ギョングの反応は早かった。

「ハンセンさん、安全は我々が保証します。大統領を姪御さんに会わせて戴きたい」

振り向いたIOCの実行委員は半分顔をしかめている。

「分かりました。では、五分だけ。ただし、何が起きても、責任は貴国にありますので」

ハンセンは、日本人実行委員に耳打ちをした。日本人の委員は強く抗議していたが、韓国大統領の姿を認めると、諦めて日本語で現場をあけるように命じた。

現場保存のために立っていた警視庁の警官が四方に散った。

チャンが大統領に付き添い、セリョンの遺体に近づいた。ジョンミンは二人に続いた。

大統領は遺体の横に跪《ひざまず》き十字を切った。

「セリョン」

姪の名を呼ぶ大統領の唇が震えている。

世界中のメディアが、その様子を撮影している。

「狙撃犯は射殺されたという情報があります。大統領に後ほどお伝え下さい」

ジョンミンは小声で、チャンに報告した。

「犯人の身元を徹底的に洗え。それと、キム・セリョンが担当していた事件、さらに過去の事件の全てを我々に提示するように検事総長に命じる。準備しておくように伝えてくれ」

検察庁の最高責任者を顎《あご》で使う気か。だが、チャンの影響力と権力を考えると、総長も従うほかないだろう。

大統領が号泣している。

「では、私は一度ソウルに戻ります」

「ジョンミン、おまえはここで捜査を続けろ」

「捜査？」

「狙撃犯が射殺されても、事件は終わってないだろ。黒幕を捜せ！」

黒幕が現場にいるとは思えなかった。

「それから、おまえとキム検事の情事を知っている者は？」

仰天の余り息ができなくなった。

「まさか、俺が知らないと思っていたわけじゃないだろうな。検察の上層部も知っているぞ」

「しかし、既に別れています」

「おまえは未練たらたらだったそうじゃないか。それで、大会前にキム検事に会いに、日本まで追っかけて来たんだろ。ジョンミン、俺には何も隠すな。そうでないとおまえを守れないぞ」

どうやらチャン室長は、キム次長から何も聞かされていないようだ。

「了解しました」

「結果を出せ。黒幕の正体を、誰よりも先におまえが摑め」

「ギョング！」

大統領に呼ばれてチャンが振り向いた。

「セリョンを、いつまでこんな可哀想な状態にしておくんだ」

「申し訳ありません。捜査のために、今暫くは動かせません。日本の警視庁に、セリョンさんに対して最大限の敬意を払い配慮するように伝えます」

「なんで、よりによってこんな場所で、おまえは命を落としたんだ、セリョン」

チャンは嘆く大統領に遠慮がちに声を掛け、ジョンミンを紹介した。

「ソウル中央地方検察庁特捜部の主任検事イ・ジョンミンです。姪御さんの上司です」

「謹んでお悔やみを申し上げます、大統領閣下」

「イ検事、頼んだぞ。必ず、セリョンの仇《かたき》を討ってくれ」

大統領に、両手で握手された。

10

馬事公苑周辺は大混乱で、パトカーがサイレンを鳴らしても誰も道をあけようとしない。

同乗している望月が「係長、これを」と言って、タブレットを中村の方に向けた。アップになった女性乗馬選手の顔が暫く映り、突然額の真ん中に孔が開いた。そして、後頭部から血しぶきが上がり、選手はのけぞり落馬した。

「こんなものが、一般に流れているのか」

「全種目が、インターネットでライブ中継されているんですよ。なので、狙撃の瞬間も撮影されていました」

中村は胸が痛んだ。即刻やめさせないと。

「でも、凄くないですか、この狙撃犯」

どこから撃ったかは未確認だが、広いアリーナの中央に立っている被害者の眉間《みけん》を正確に撃ち抜くというのは並大抵の腕ではない。

「撃たれたのは、韓国大統領の姪にして、検事のようですよ」

ネットニュースの要約を、望月が告げる度に、中村は気が重くなった。

五輪競技中の暗殺事件など、前代未聞だ。その上、被害者が韓国大統領の姪ときたら、面倒なことこの上ない。

「厄介な連中が出てきそうっすね」

「厄介とは？」

「公安とか、その類《たぐ》いの輩《やから》です」

つい先日、捜査を断念させられた米軍中佐の殺人事件の不快感が甦《よみがえ》ってきた。

「ウチの班がやるんすかね」

「まだ、分からんな。たまたま現場に近いから行けと言われただけだ」

「いやあ、でも、押しつけられそうっすよ。だって、ウチはドツボ班ですから」

捜査一課で、中村が係長を務める四係は、いつも貧乏くじを引く。それで、そんな有難くない名がついた。そして望月は、そういう自虐ネタを平気で口にする。

何とか馬事公苑のゲートに辿り着いたところで、大会役員に迎えられた。

「ご苦労様です。馬術競技実行委員の青柳《あおやぎ》と言います。ここで降りて戴いた方が早いです」

中村と望月は素直に従った。後続の所轄の刑事たちも続く。

上空では、数機のヘリコプターが旋回している。

避難する観客をかき分けながら、青柳が先導し、関係者以外立ち入り禁止と書かれたドアをくぐった。

人の流れを避けて歩きながら、中村は過去に日本で起きた暗殺事件を思い返していた。

銃規制が厳しい日本では、スナイパーによる暗殺事件は例外的だ。たいていは刃物による襲撃だ。

だとすれば我々は、未経験の大事件を捜査することになる。

しかも、殺害されたのは、韓国のスター選手だ。決して良好とはいえない両国の関係を考えると捜査は様々な雑音に悩まされるだろう。

望月の言うとおり、厄介な輩が跋扈《ばっこ》する可能性もある。

殺人事件の捜査を取り仕切るのは捜一だが、通常の公式が通用するかどうかも分からない。

前を歩く青柳に、中村は声をかけた。

「五輪会場の捜査権はどこにあるんですか」

「その点については、既に韓国側からも問い合わせが来ており、現在、確認中です。IOCは何らかの形で関わるとは思いますが、実際の捜査は、やはり警視庁にお願いしたいですね。いずれにしても、前代未聞の出来事で、我々も途方に暮れています」

そうだろうな。捜査権争いで、ひともめする可能性もありそうだ。

案内されたのは、広い部屋に会議用テーブルが並べられただけの殺風景な場所だ。

スーツ姿の男が二人座っている。

青柳は、中村と望月を案内すると、そのまま部屋を出た。

上等そうなスーツを着た男が、警察庁警備局五輪警備対策室次長の戸村と名乗った。

名刺には警視正とある。もう一人は、名刺を出さず「山本《やまもと》です」と名乗った。戸村の事務官のようだ。

「態勢が整うまでは、私が捜査を指揮します」

それについては、中村も異論はない。

「早速現場を拝見したいのですが」

「その前に、いくつか情報を共有しておきたい」

山本から、文書資料が手渡された。

狙撃された韓国の馬術代表選手のプロフィールだった。

「韓国大統領の姪であり、ソウル中央地検特捜部所属の検事が、オリンピック競技中に暗殺された。前代未聞の事件の捜査だけに失敗は許されません」

エリートらしい発想だが、何一つ誇張はない。それが自分たちの置かれた状況なのだ。

「実は、現場は二つある」

もう一つの現場は狙撃地点とみられ、そこで二体の遺体が発見されたという。

SATの隊員と、不詳の男一名――。

「不詳は、狙撃犯ですか」

望月が尋ねたが、無視された。

中村は話の続きを待ったが、戸村は口を結んでいる。

「SATの隊員が一人、行方不明だ」

代わりに山本が口を開いた。

「それって」と望月が口にしかけたのを、中村は彼女の腕に触れて止めた。

「予断を与えたくありませんので、まずは、二つの現場を見てください」

「消えたSAT隊員の行方は？　手がかりはないんですか」

望月は果敢だ。

「ない」

「緊配しないんですか」

「君は、SATの隊員が、暗殺犯だと言うのか」

「今のところ、何の考えもありません。しかし、本来なら現場にいるべき者の姿がないのであれば、ただちに手配しなければ」

戸村は、背後に控えていた事務官に何か耳打ちした。

「では、アリーナに案内する」

「その前に、確認したいのですが、この事件は、警視庁が捜査を全任されているんですか」

中村の質問に戸村は即答した。

「何も決まっていないが、ここは日本です。ならば、捜査は我々が行うのが筋でしょう」

11

ウォーレンと別れた冴木は、自宅兼オフィスに急ぎ戻ってきた。汗だくで到着すると、事務所の前に黒塗りのレクサスが駐《と》まっていた。後部ドアが開き、早見が現れた。

「やけに早いじゃないか」

「ご連絡をいただいた時は、ちょうど移動中でしたから」

「中で待てばいいのに。事務所に誰もいないのか」

冴木事務所のスタッフは、全員、早見を知っている。冴木がいないからといって外で待つ必要もないのに。

「すぐに車に乗ってもらえませんか。大至急お連れしたい場所があります」

嬉《うれ》しくない状況だった。

「ちょっと、シャワーを浴びたい。汗だくなんでな。どうせ、会いたくもないお偉いさんの前に連れて行くんだろ」

「申し訳ありませんが、大至急お願いします」

その時、スタッフの外村《そとむら》が姿を見せた。事務所前を監視するカメラで、様子を窺《うかが》っていたのだろう。

「お疲れ様です。何事ですか」

身長が二メートル近い大男の外村は傭兵《ようへい》上がりで、時と場合によっては、荒っぽい力仕事もこなす。

「今から、早見に拉致《らち》られる。五時間経っても俺から連絡がない場合は、早見を見つけろ」

「冴木さん、悪い冗談はよしてください」

「俺は本気だ。ソト、頼むな」

「ご一緒しましょうか？」

「それには及ばない。私が、無事に送り届ける」

早見の言葉などまったく耳に入っていないかのように、外村は命令を待っている。

「ひとまずは、俺一人で行くよ」

「お気を付けて。お困りな事があれば、いつでも呼んでください」

やはり汗だくのポロシャツは着替えたいと思った。なので、外村に着替えが欲しいと頼んだ。事務所のロッカーに一式揃えてある。

早見もそこは折れてくれた。所要時間、四分弱。冴木はレクサスの後部座席に体を沈めた。

「どこに連れて行く気だ」

「東京都千代田《ちよだ》区永田町二丁目四」

国家安全保障局《NSS》か。

「用件は、何だ」

「馬術の韓国代表選手が狙撃され死亡したのは、ご存知ですね」

「俺が知っていなければならない理由があるのか」

「ご足労戴くのは、その事件でお願いがあるからです」

早見がiPadを冴木に渡した。求められるままに、動画を再生した。

馬術競技のユニフォームを着た美女がアップになって微笑んでいる。やがて、彼女の額の真ん中に孔が開いた。

凄いな。これは、超一流のプロの仕業だ。

「狙撃事件なんて、俺の領域外だ。他を当たってくれ」

「事件そのものは、警視庁に任せます。問題は、その背後関係です」

「なんだ、それは」

「殺されたのは、チェ・ジェホ韓国大統領の姪です。しかも、ガイシャはソウル中央地検の特捜検事でした。日韓にまたがる事件を極秘で捜査していたようです」

やけに動きが早い。

まだ、狙撃されてから一時間余りだ。にもかかわらず、被害者の内偵情報まで把握しているとは……。

「具体的な情報はないのか」

「それについては、検察幹部に説明させます。それより、現場に、国情院のテロ対策室長チャン・ギョングの姿があったそうです」

「ほお、奴はまだ現役で頑張ってるんだな」

「チャンが日本に来ているのが、引っ掛かります」

「俺はもう引退したんだ。奴が、どこで何をやろうと気にならない」

「冴木さん、チャンが暗殺に関わっていたら、厄介ですよ」

「別に厄介なことはない。証拠が固まれば、国情院の高官であっても、逮捕すればいい」

「そんな単純にはいきません。いずれにしても、韓国は合同捜査を求めてくるでしょう。IOCだって何を言い出すかわかりません」

鼻で笑ってしまった。

「俺にそういう厄介事を、掃除しろというのか」

「詳細は聞いていません。ですが、私の推測は間違っていないかと」

車が渋滞で動かなくなった。この夏は、東京中が渋滞している。

「サイレンを鳴らせ」

早見は運転手に命じた。

「俺をNSSに呼んだのは、誰だ」

「嶋津さんです」

NSSの局長だ。

「つまり、政府は暗殺事件を、国家的危機だと判断したのか」

国家安全保障会議《NSC》の事務局であるNSSは、国家の安全保障が危機に瀕《ひん》した時に対応するための組織だ。いくら五輪選手でも、外国人の暗殺事件ぐらいで動く組織ではない。

「分かりません。私は、嶋津さんから、大至急、冴木さんをNSSに連れてこいと言われただけで」

NSSのナンバー2だろうが。そんなガキの遣いのような言い訳は通用しない。

「おまえの知っていることを、全部吐け。でなければ、俺はここで降りる」

時速八〇キロ以上の車内から降りられるものならやってみろとは、早見は言わない。以前、高速走行中の運転手を脅して、降りた経験が二度ほどあるからだ。

「昨夜遅く、総理とチェ大統領が、密《ひそ》かに会談しました。内容は知りませんが、どうも双方にとって不愉快な結末を迎えたそうです。その翌日、チェが愛して止まない姪が暗殺されたんです。外交問題に発展するのは必至では」

「なあ、早見、おまえはさっきから事件を暗殺と言い切っているが、根拠は？」

早見が視線を前方に逸《そ》らした。車はサイレンだけではなく、クラクションも鳴らし続けて、二車線道路の中央を疾走している。

こんな暴挙は、旧ソ連並みじゃないか。

「殺された韓国代表選手は、捜査を止めないなら殺すと脅迫されていたそうです」

「脅迫者は、キム選手が極秘捜査を行っていた対象者なのか」

「それは、まだわかりません」

嶋津は、石橋を叩いて渡るタイプだ。その彼が動いているのだから、何かもっと確信的な理由があるんだろう。

「で、俺はNSSに呼ばれて、何をやらされるんだ」

「それは、局長に直接お尋ねください」

どうやら、この男、相当劣化したみたいだ。あるいは、何も言うなと嶋津に釘《くぎ》を刺されたか。

「審議官、メールです」

助手席にいた部下が、スマートフォンを差し出した。一読した後、冴木に手渡した。

狙撃犯と思われる男が、スタンドの屋根の上で射殺死体となって発見とある。

「一件落着だな。よかった。じゃあ、事務所まで送ってくれ」

「最後まで読んでください」

画面を下方にスクロールすると、〝同地点では、他にSAT隊員の遺体も発見〟とある。そして、一人のSAT隊員が行方不明――。

「なんだ、この行方不明というのは?」

「文字通り姿を消したそうです」

助手席の男が補足した。消えたSATが、狙撃犯の可能性がある。だから、俺が呼ばれたのか。

「繰り返しますが、この件についても局長に直接お尋ねください」

冴木は小さくため息をつくと、手にしたｉＰａｄで、もう一度狙撃の瞬間を再生した。

12

殺害現場は、ほぼ無法地帯と化していた。韓国大統領一行が来たらしいが、それ以外にもさまざまな人間に踏み荒らされている。これでは日本一の科学捜査チームが調べても、まともな証拠は手に入らないかも知れない。

遺体のそばにしゃがみ込んで、中村は両手を合わせた。望月も同じことをしている。中村班の儀式だ。

「卑劣な弾丸を使ったみたいですね」

望月が、遺体の頭部を凝視して言った。

額の射入孔は小さいが、後頭部の大半が吹き飛んでいる。体内で炸裂《さくれつ》する弾丸を使ったのだろう。

玉川署の鑑識係に近づいた。

「弾丸は？」

「まだ、見つかっていません。ただ、後頭部の状態を見ると、破片ぐらいしか見つからないかも知れません」

「どんなものでも手がかりになる。ここからスタンドの屋根の写真も撮っておいてくれ」

スタンドの屋根の上には巨大な投光器が設置され、大勢の警官が蠢《うごめ》いていた。

「あそこから狙ったんですか」

「スナイパーライフルが、残されていたそうだ。ここからの距離は？」

「五〇〇メートル以上はありそうです。この距離で眉間を撃ち抜くなんて一体、どんな奴ですかね？」

日本人ではないかも知れない。

本当にウチはいつも厄介なヤマに巻き込まれるな。望月じゃないが、ドツボ班と言われる訳だ。

13

新築の中央合同庁舎は役所というよりも、外資系の金融機関が似合いそうなインテリジェントビルだった。その2フロアを、NSSは占拠している。

冴木はエレベーターで最上階まで上がり、だだっ広い会議室に案内された。

三十人は座れる楕円形《だえん》のテーブルに陣取っていたのは、わずかに三人だった。知っている男が一人、知らない男が一人、そして、意外な男が一人いた。

「冴木治郎氏をお連れしました」

早見が声を張り上げた。

「やあ、冴木、突然呼び出してすまなかった」

知っている男、NSSの嶋津暁彦《あきひこ》が、立ち上がって握手を求めてきた。

代々続く外交官一族の出身で、駐米大使を務めた後、外務省事務次官まで登り詰めた。現総理の覚えがめでたく、外務省退職後は内閣参与を経て、第二代国家安全保障局長に就任した。

国家公務員として同期で、冴木が内閣情報調査室長を務めていた時には、外務省側のカウンターパートとして深いつきあいがあった。

だからといって、仲が良かったわけではない。嶋津は東大法学部出身の切れ者で、冴木は福井大学教育学部出身という異端児だった。正直に言えば、嫌いなタイプだ。

「なあに、日々暇をもてあましているんだ。気にしないでくれ。それにしても、立派なものをつくったな。ここからだと、官邸が狙えるじゃないか」

窓際に立つと、官邸の芝生広場が見渡せた。腕の良い狙撃手ならやれるだろう。

「おいおい縁起でもない」

努めて明るい雰囲気で、残りの二人が紹介された。まずは、意外な顔の方。

「外務審議官の右馬埜誉《うまのほまれ》君だ。外国情報機関との連携担当だな」

退職直前に数回、一緒に仕事をした気がする。外務官僚独特の穏やかにも陰険にも見える薄笑いを浮かべている。

「お久しぶりです、冴木さん。また、ご一緒できるのを、光栄に思います」

「どうも。だけど、私はあんたと一緒に仕事するかどうか、決めてないよ」

「まあ、そうカリカリしなさんな。そして、こちらは、最高検察庁総務部長の亜土《あど》博司《ひろし》氏だ」

第一印象は、検事に見えない。体格ががっしりとしていて、姿勢も良い。武道を嗜《たしな》んでいると見た。表情は穏やかで田舎の名士という印象だった。それにしても最高検の総務部長がなぜここにいるんだ。

「お歴々の前に俺を引っ張り出して、どんなご用です」

嶋津は正面に座れと言うが、だだっ広い部屋の長テーブルに五人しかいないのに、一人離れた場所に座る意味はなかった。嶋津から二席ほど空けて腰を下ろした。

「他でもない。先ほど馬事公苑で発生した重大事件収拾の責任者として、内閣参与になってほしいんだ」

内閣参与を指名できるのは、内閣総理大臣だけだ。

いつから、おまえは総理になったんだ。

「総理の署名捺印《なついん》を戴いた任命書がある」

「韓国のスター選手の狙撃事件に、なぜ俺のような男が必要なんだ」

嶋津は、末席にいる早見を見やった。

「冴木さんには、先入観なく局長のお話を聞いて戴きたく、前情報を一切お話ししておりません」

「じゃあ、早見君、説明を頼む」

「殺害されたキム・セリョン選手が、ソウル中央地検特捜部の検事だったことは、ご存知かと思います。彼女は、日本の特捜部の検事と合同で、在日および在韓米軍の不正についての捜査していました」

色々なことが繋がった。

「具体的には、どんな不正なんだ」

「不明です。近く全貌《ぜんぼう》を暴くと言ってたようですが、その前に暗殺されました」

何をしゃあしゃあと抜かしやがる。北の工作員殺しに、レイチェル・バーンズ中佐殺害事件とも繋がっている話じゃないのか。

「日本の検事というのは、生きてるのか」

「海外に家族ごと逃がして保護しています。一時間前までは、全員無事です」

最高検総務部長が答えた。

「その検事は、事件の詳細を知っているんでしょ」

「概要だけです」

鼻で笑ってしまった。

検察の秘密主義は、今に始まったことではない。

「君が呼ばれた理由を、理解してもらったと思う」

「いや、嶋津、まったく分からんよ。一体、俺に何をやらせたい？」

「事件は、日米韓を跨《また》いだ大がかりなものだ。メディアには絶対漏れては困る。ＩＯＣにすら話すつもりはない。そういう究極の絶体絶命を極秘に解決するには、経験豊富な敏腕工作官《コントローラー》が必要だ。君しかいない。これは、総理からのたってのお願いでもある」

昔から嶋津は日本語より英語の方が、得意だ。日本語では何を言ってるのか、分からないことがよくある。

「究極の絶体絶命の意味が、分からないんだが」

嶋津は、ムッとしながら答えた。

「日本で、韓国のスター選手が暗殺されたというだけで、日本の政府はなってないと誹《そし》られる。その上、そのスター選手が、在日在韓米軍の不正を極秘調査していたとなると、甚大な外交問題となる」

「なぜ、外交問題になるんだ。単なる汚職だろ。外交とは関係ない」

「アメリカが在日米軍撤退を検討しているのは、おまえも知っているだろ」

そんな記事を読んだ記憶はある。

だが、そういうのは大抵、日本政府から思いやり予算を、もっと引き出すためと相場は決まっている。

「それが、キム検事が捜査した事件と、どう繋がるんだ？」

「知らないのか。アメリカは撤退ではなく、正規軍の代わりに、民間軍事会社を駐留させようとしているんだ。そして、それをわが国に認めさせようと、民間軍事会社がカネをばらまいているという噂がある」

初耳だった。冴木は、非難がましく早見を見た。早見は、目を合わせようとしなかった。

「つまり、キム検事が調べていたのは、在日在韓駐留を勝ち取りたい民間軍事会社の賄賂工作ということか」

「そうだ」

在日米軍基地に、民間の軍事会社の傭兵が駐留する――。簡単には想像ができない荒唐無稽な話だ。そんなものを支持する日本の政治家や官僚がいるのか。

「五月に、六本木で米国将校が惨殺されたのは、ご存知ですよね」

暫し沈黙が続いた後、右馬埜が口を開いた。

「殺害されたレイチェル・バーンズ中佐は、その民間軍事会社の不正の調査をしていたそうなんです」

「どこからの情報だ？」

右馬埜は、嶋津に目で確認してから答えた。

「韓国・国家情報院です」

「徹底した秘密主義の上に、日本を仮想敵国だと思っているフシもある奴らが、そんな美味しい情報を投げ与えてくれたのか。持ちかけてきたのは、誰だ？」

「国情院テロ対策室のチャン・ギョング室長です」

また、チャンか……。

「チャンは、国情院の窓口ではないだろう」

「仰るとおりです。ご本人が偶然、暗殺現場に居合わせたので、指揮を執られているそうです」

「そんな程度では、重大な情報を、日本に提供する理由にはならんだろう。チャンは、見返りを求めたのでは？」

右馬埜が渋い顔になった。

「暗殺事件の合同捜査を強く求められました。それが認められたら、キム検事の極秘捜査の内容について、もっと踏み込んだ情報を提供するとも言われました」

「まさか、受けたんじゃ」

「そんな訳がないだろ」

嶋津が割り込んできた。

「なあ、冴木、韓国から面倒な人物がしゃしゃり出て引っかき回そうとしている。しかも、事件の核心は、日韓米の安全保障に多大な影響を与えかねない不正問題だ。だから、あんたに頼みたいんだ」

冴木は答える前に、亜土に尋ねた。

「国情院とタッグを組みたくないんですが、韓国の検察庁の幹部に、信頼に足る人物はいませんか」

「キム検事の上司で、ソウル中央地検で唯一、キム・セリョンの報告を受けていた人物がいるんですが」

亜土が言った。

「どういう人ですか」

「ノ・ホジン、ソウル中央地検特捜部長です。検察官としても、とても優秀であり、国情院の圧力にも簡単には屈しません」

聞いたことのない名だが、立場としては良いかも知れない。それに、キム・セリョンから報告を受けていたなら、特捜部長は重要な情報を持っているかも知れない。

「ノ部長に、窓口をお願いできますか」

「大丈夫だと思います。ウチも、特捜部長がノ部長と親しいんで」

「おたくの特捜部長は確か女性だったのでは？」

「岩下《いわした》は、この七月で異動になりました。後任は、朝井《あさい》という男性です」

「引き受けてくれるんだな」

現金な嶋津が、また、会話に参加してきた。

「まだ確認することがある。俺がこの依頼を受けた場合、どんな権限を与えてくれるんだ」

「秘書、専用の公用車の提供、それからNSS内に個室を用意する」

「そんなものは、全部不要だ。俺が欲しいのは全権委任だ。総理から白紙委任状を取ってくれ」

「いいだろう。ただし、先程の内閣参与への任命を含めて、君の存在は非公開とするからな」

それが、一番動きやすい。

「もう一つ。NSC、NSS、官邸、外務省、そして検察庁のデータベースへの最高位のアクセス権をくれ」

「それは、難しいな」

「だったら、ハッキングするぞ」

「私が何とかします」

早見が請け合った。

「経費は青天井だと思って良いか」

「もちろんだよ。これは国家の一大事だからな。カネのことは心配するな」

久しぶりに豪勢な言葉を聞いた。

「収拾のための活動は、一ヶ月しかやらない。その期間で解決できなければ、迷宮入りすると思ってくれ。報酬は、経費別で一億」

「内閣参与に、そんなに出せんよ」

嶋津が、仏頂面になった。

「嫌なら、俺は帰る」

14

夜間にもかかわらず、スタンドの屋根の上は、じっとりと暑かった。

中村は、時折吹く強風から身を守るために、身体を低くして進んだ。

「ご苦労様です！」

強風に煽られている制服警官が、足を踏ん張って敬礼した。

「ご苦労さん」

警官の背後に二ヵ所、照明が当たっている。そこに遺体があった。

「スナイパーライフルは？」

「風が強かったため、早々に回収されました。遺留場所は、赤のビニールテープで×印を付けてあります」

警官が声を張り上げて報告した。

まず、仰向けに倒れているＳＡＴ隊員の遺体を検《あらた》めた。

弾は、一発。防弾ヘルメットと防弾チョッキを身につけている隊員の数少ない急所を一撃だった。

そして遺体は目を大きく見開いていた。

隊員の右手には、銃がある。SATの標準装備の機関拳銃ヘッケラー&コッホのMP5だ。

もう一つの遺体に近づこうと立ち上がった時、横から強風に襲われた。足下がよろめき、倒れそうになるのを、望月に抱きかかえられた。

「やあ、すまんな。すっかり、体が鈍《なま》ってしまってるよ」

アリーナでは多弁だった望月が一転、押し黙っている。

暑さとは別の種類の汗が脇の下を流れていくのを感じながら、不詳をチェックした。

こちらの遺体も仰向けに絶命しており、胸に三発喰らっていた。つまり同士撃ちした格好に見える。

だが、何かが引っかかるな。

ちょうど上がってきた所轄の鑑識係に向かって、中村は声を張り上げた。

「その辺りから、二つの遺体を遠景で撮影しておいてくれ。それと、角度を変えたやつもな」

夜だから、どれだけ鮮明に撮れるかは分からない。投光器の光に期待するしかない。

鑑識係が了解だという意思表示を返したのを確認して、もう一度不詳を観察した。

遺体は、日本人に見える。だが、朝鮮半島系、あるいは中華系の可能性もある。

こちらの顔も、驚愕《きょうがく》しているように見えた。

なぜ、二人とも驚いていているんだ。

そもそも狙撃されるまでSAT隊員は、何をしていた。スナイパーライフルによる狙撃なら、銃も大きい。そんなものを抱えて、屋根に上がったら、即逮捕のはずだ。

それにこの二人は、いつ撃ち合ったんだ。

不詳が狙撃犯なら、馬術選手が射殺された後に撃ち合ったことになる。では、SATは選手暗殺が完了するまで、指をくわえて待っていたのか。

中村は、手帳を取り出すと、SATの警備態勢について確認と書いた。本当に二人は相撃ちなのかとも。

スナイパーの狙撃を阻止することなく、放置していた場合に考えられるのは、SAT隊員が狙撃時に、ここにいなかった可能性だ。

そんなことがあるのか。

「中村さん」

声をかけられた。山本という戸村の事務官が立っていた。

「屋根の遺体の第一発見者で、キム選手の警護も務めていた者を、下で待たせてあります」

15

「早見、話がある」

嶋津との商談が成立した冴木は、幹部三人が立ち去るのを待って、声をかけた。

早見は頷くと、もう一度、椅子に座り直した。

「日韓の検事による捜査、いつから知ってた？」

「今日、初めて知りました」

「おまえ、投げ飛ばされたいのか」

「すみません。キム検事が射殺された直後に、亜土から電話がありました」

亜土を呼び捨てにした。

「知り合いか」

「修習同期です」

この男は司法試験にも合格していたんだった。

「亜土ってどれぐらい信用できる？」

「あいつは、筋金入りの正義漢です。検事総長になれたら、検察庁も変わります」

「トップを目指している野心家か」

「野心家じゃありません。仕事ができて、派閥に与《くみ》しないから出世しています」

その程度では、出世できないよ。

「それで、亜土は何を言ったんだ」

「先程、説明した通りです。キム検事は、日本の特捜検事と二人で隠密捜査をしていた。その捜査が原因で、キム検事は脅迫されていたと。そして、キム検事の方は日韓のＳＰ

が合同で警備に当たっていました。また五輪の選手村では危険なため、馬事公苑近くの彼女の祖父の知人宅に身を寄せていました」

　なのに、競技本番のアリーナ上で、狙撃されたわけだ。やろうと思えば、もっと容易な場所はいくらでもあったろうに。

「北の三人の工作員の変死を俺に調べさせた時から、おまえと素平は、レイチェルちゃん殺しと在日米軍不正疑惑を知っていたと考えていいのか」

「それは、違います。もし、全てを知っていたら、冴木さんに調査依頼など致しません」

「真相を知ったら素平は、どうするつもりだったんだ？」

「それは、分かりかねます。ただ、五輪を前に、日本で米軍の将校や北の工作員が、謎の死を遂げるのを放置するわけにはいかないでしょう」

　こいつは、まだ腹を割ってないな。

だが、官房長官命令で早見が動いていたとしたら、そう簡単にはしゃべらないだろう。

「俺を、こんな場所に引き込んだのも、素平か」

「ご推察の通り、官房長官が総理を説得し、冴木さんを内閣参与としてお招きしました」

　あれは招待ではなく、拉致だろ。

「奴の腹はなんだ。五輪の真っ最中に米軍絡みの不正が明るみに出るなんぞ、悪夢だろ。なのに、真相究明をせよと言っている。矛盾してないか」

「かといって、うやむやに出来る事件ではありません。暗殺事件については、真相究明が急務です。その上で、表向きの説明を検討したいのでは？」

「そんな簡単に究明できるようなヤマじゃないのは、おまえも分かっているだろう。だが、推測はできる。キム検事が追いかけていたのが民間軍事会社なら、黒幕は奴らだろ。しかも、暗殺なんてお手の物だ」

早見も頷いている。

「ならば、俺の出番はない」

「その推測を証明してほしいんだと思います。穏便かつ速やかに」

もしかしたら、俺は買いかぶられているのか。

「素平は、在日米軍の民間移行について、どう考えているんだ」

「分かりません。ただ、総理は大反対しています。まあ、自主防衛論者ですから、当然ですが」

「政府の大番頭である官房長官が、在日米軍基地を民間に委ねることを認める余地があるというのか」

早見は、本当に分からないようだ。

こいつがバカなのか、素平が民間移行やむなしという考えを知っているが言わないのか。

「素平に会わせろ」

「既に手配中です」

「それ以外にも、おまえにして欲しいことが、いくつかある」

「何なりと」

「リック・フーバーに極秘で会える算段をして欲しい」

「米国大使館の特別補佐官の、ですか」

「俺の情報源によると、フーバーが国家情報長官《DNI》と繋がっているアセットらしい。そしてDNI直下の組織がバーンズ事件の捜査を取り仕切っているそうだ。だから、会いたい」

「分かりました。大至急手配します」

「同じく大至急で、キム検事と一緒に捜査していた検事に会えるようにしてくれ」

「分かりました。亜土と相談します」

「キム検事が滞在していた施設をガサ入れする。彼女が、事件に関係した資料を持っている可能性がある」

「韓国と調整する必要があります」

「韓国を蔑《ないがし》ろにするのは得策じゃない。しかし、奴らに与える情報は、選別した方がいい。余計な情報を与えないためにもガサ入れが必要だ」

「つまり、今すぐ動けと」

　頷いた。

「誰にやらせるんですか。できれば、警視庁は避けたいんですが」

あそこには、各国のスパイがいるからな。

「検察庁の機動捜査班を動かせ」

東京地検特捜部が捜査するに当たり、家宅捜索などを行う事務官のチームである機動捜査班なら、警視庁より丁寧な仕事をするかも知れない。

「亜土に連絡します」

早見が席を立った。

それから、冴木は怜にメールした。

〝俺も暗殺事件の捜査に巻き込まれた。詳しくは会って話す。その前に、チャン・ギョングに接触して、俺が会いたいと言っていると伝えてくれ。接触場所と時間の取り決めも任せる。大至急だ〟

16

軟禁状態が続くのに耐えられず、藤田は部屋を出ようとした。だが、ドアの前で監視していた警官に止められた。

「今、こちらに捜査主任が来るそうです。暫く、待機ください」

それを振り切るわけにもいかず、藤田は素直に従った。

だが、待てど暮らせど誰も姿を見せない。もう待てないと立ち上がった時、ドアが開いて二人の男女が姿を見せた。知っている顔だった。

「中村さん」

合気道の稽古で、何度か顔を合わせたことがある。

「君は確か、藤田君だったっけ？」

「はい。ご無沙汰《ぶさた》しております。そうか、中村さんが捜査主任なんですね」

「いや、まだ担当とは決まっていないよ。偶然、近くの所轄にいたんで、駆けつけただけだ。君が、ガイシャの警護を務めていたんだね」

「そうです」

中村は、同行している部下を紹介した。

「久しぶり」と望月が挨拶《あいさつ》した。

「なんだ、知り合いか」

「以前に所轄でお世話になりました」

藤田が答えた。

「よし、じゃあ、事件について話を聞かせてくれないか」

「どこから話せばいいですか。我々がキム選手の護衛を始めたところからでしょうか」

「そうだね。最初から頼む」

藤田は要点を説明した。

「なるほど、そういう状況での競技初日だったわけか。で、キム検事の脅迫者について、何か情報は？」

「ありません。キム選手は誰に狙われているのかを察知していたと思います。私たちには身に覚えがないと繰り返していましたけれど」

「他にはどうだ？」

「その後、脅迫者からの要請を受け入れたと、キム選手から聞きました」

「なのに、殺害されたんだね」

そうだ。もうセリョンは、この世にはいない。俺は、命がけで彼女を守ると言ったのに、果たせなかった。

魂の抜けたセリョンの死に顔を思い出した。

「いや、不謹慎な言い方だったな。失礼した。それで、狙撃についてだけれど」

中村に問われて、狙撃の瞬間と、スタンドの屋根の上に駆けつけて見た現場から、自身の見立てを説明した。

「最初は、ＳＡＴ隊員と狙撃犯が相撃ちで絶命したのかと思いました。でも、そうじゃない気がします。屋根の上には、午後三時から、ＳＡＴ隊員が二人陣取っていました。だとすれば、狙撃犯の到着はその後だと思われます。屋根の上は、身を隠す場所がありません。本来ならば、狙撃犯が屋根に上がった瞬間にＳＡＴが発見して、狙撃犯を排除したはずです。なのに、狙撃を許している。おかしくないですか」

「確かに」

「狙撃後に相撃ちしたというのは不自然です」

「だとすると、行方をくらましたもう一人のＳＡＴ隊員――毒島警部補が鍵だね」

「毒島小隊長が狙撃に関与しているなんてことがあるんでしょうか」

「ないと願いたいが、その可能性は捨てられない」

だが、本当に毒島が関与しているなら逃げないだろう。

「君は、毒島小隊長と面識は？」

「ありません。あの、中村係長、お願いがあります」

「何だね」

「自分を、捜査班に入れてください」

「それはどうかなあ。仇を討ちたいと願う気持ちは分かるが、警察は組織だよ。捜査は我々に任せてもらおうかな」

「自分は、命に代えても、キム選手を守ると約束したんです。なのに、それが果たせませんでした。だから、どんなことをしても狙撃犯を捕まえたいんです。

私は、ずっとキム選手のそばにいました。韓国のＳＰや彼女の友人など関係者の多くにも接触しています。必ずお役に立ちます。だから、お願いです」

藤田は立ち上がり、深く頭を下げた。

「私には何の権限もない。だが、その気持ちは、捜査本部の指揮官に伝えるよ」

「ありがとうございます！」

どんなに邪険にされても、捜査班に参加したかった。

「藤田君って、射撃のオリンピック候補だったんでしょう」

望月に尋ねられた。

「一度だけ運良く強化合宿に参加させてもらった程度ですが」

「教えて欲しいんだけど、スタンドの屋根から五〇〇メートルくらいある場所を狙って、対象の眉間を撃ち抜く技術って、どれぐらい凄いの？」

「世界に数人しかいないような凄腕だと思います」

「ゴルゴ13のような？」

「ボブ・リー・スワガー級の」

「誰それ？」

説明するだけ無意味だった。

「屋根の上は、風が強い。しかも、ターゲットとの位置関係は水平でなく、俯瞰《ふかん》しているから、その計算も必要です。そんな状況で五〇〇メートルほども離れた標的の額のど真ん中を撃ち抜くなんて、普通ならやってみようとすら思わないでしょう。しかも、彼女はヘルメットを被っており、スタンドの来賓に挨拶するため顔を少し上げる一瞬しか、狙撃チャンスがない。その一瞬を逃さなかった。命中したのは奇跡としか言いようがない」

「日本にそんな腕のある人はいる？」

「オリンピックの代表でも無理でしょうけど、自衛隊にならいるのかも知れません。そもそも一番凄い人は、競技に出てこないという話ですし」

「自衛隊のピカイチって、誰？」

首を横に振るしかなかった。

中村に問われた。

「狙撃犯は、ホローポイント弾を使った形跡がある。それについては、どう思うかな」

「ホローポイント弾なら、照準が多少ずれても相手を絶命させられます。……でも、そんな弾丸を使うなんて卑劣です」

ノックと共に警官が入ってきた。

「中村係長、只今《ただいま》、警視総監ご一行が到着されました。大会議室にお越しください」

警視総監までご登場か。それは、この事件がどれほど深刻であるかを物語っている。

「君も一緒に来てくれるか」

中村に言われて、藤田も立ち上がった。

17

群衆に紛れてスタジアムを後にしようとした和仁のスマートフォンに、〝眠りネズミ〟からメールが来た。

〝任務に失敗しました。

必ずやこの手で事実を明らかにします〟

北朝鮮情報部の工作担当指揮官からの指令は、キム・セリョン暗殺を阻止せよだった。

なぜ、南朝鮮の金メダル候補を守らなければならないのか、分からなかった。だが、再度確認しても、命令は変わらなかった。

そして、〝眠りネズミ〟はしくじった。現場工作官の俺の責任も問われることになる。

〝一人で動くな。これは俺とおまえの連帯責任だ。ひとまず、今晩2：00に、ポイント333で会おう〟

それだけ返信すると、和仁は雑踏の中に紛れた。

# 第五章　巻き込まれた男

## 1

日本の警視総監が馬事公苑に来るらしい。韓国大統領に弔意を示したいと言っているそうだ。ジョンミンは、国情院テロ対策室長のチャン・ギョングと共に、面会に立ち会うように命じられた。

会場となる貴賓室の安全確認を指揮するために、ジョンミンが一足先に会場に行くと、大統領専属のSP隊員が、室内をチェックしていた。

ジョンミンは、彼らの邪魔にならないように壁際の椅子に腰を下ろすと、スマートフォンを手にした。

SNSやメールに大量の新着メッセージがあった。

大半は、事件についての情報を求めるものだった。

国情院次長のキム・インスからのメールを見つけた。

セリョンの捜査を断念させるようにキム・インス次長から命じられたのが、はるか昔のように思えた。

インス次長のメールを開いた。

〝衝撃的な事件に驚いている。概要を教えてくれ。ギョングには、充分気をつけるように。おまえの後ろ盾が、誰なのかも忘れないようにな〟

インス次長らしい粘っこい言葉だった。

セリョンを襲った悲劇に韓国中が悲しみに暮れている最中にあって、権力闘争しか興味がないインスに憤りを覚えた。ジョンミンはそれでも、「かしこまりました」と返信した。

こうなったら日本に残って、事件を自分の手で解決してやる。

それは栄誉のためではない。検事としての矜持《きょうじ》だ。

さらに大勢のSPが入ってきた。彼らは、部屋の壁に沿うように並んだ。大統領が入室した。

韓国大統領に続いて警視総監一行も到着した。両者が顔を合わせると、警視総監が沈痛な面持ちで歩み寄り、大統領に弔意を伝えた。

「ご丁寧なお言葉を、ありがとうございます。坂部《さかべ》総理にも、くれぐれもよろしくお伝えください」

大統領が丁寧に返した後、日韓双方が席についた。

「今回の事態について、警視庁は全力で捜査を行い、一刻も早い事件解決を目指す所存です」

大統領は、警視総監による決意表明を目を閉じて聞いてから、穏やかな口調で話しだした。

「名城《なしろ》総監、私は日本警察の捜査能力に高い信頼を寄せています。しかしながら、殺害されたのは我が姪《めい》にして、韓国国民のスター・アスリートでもありました。ぜひ、日韓合同の捜査本部を設置していただき、ここにおりますソウル中央地検特捜検事、イ・ジョンミンら俊英な捜査員との合同捜査をお願いしたい」

名を呼ばれて、大統領の背後に控えていたジョンミンは一礼した。

「その件につきましては、IOCの意向も尋ねる必要があります。後ほど、IOC事務局で、会長を交えて相談の上、捜査態勢を定めたいと思っております」

「大変失礼だが、名城総監。そんな悠長なことで、本当に事件が解決するのでしょうか」

大統領の語気が険しくなった。

「五輪会場での事件捜査については、厳格な手続きを踏むようにというIOCと我が国の間での取り決めがございまして」

「殺されたのがアメリカ大統領の姪でも、あなた方はそんなことを言えますか」

大統領の声は、怒りで震えている。

「どなたが殺害されようとも、我々の対応に変わりはございません。初動捜査については、IOCの許可を得て、警視庁の精鋭が行っております。情報については、随時お伝え致します。どうか、暫《しば》しのお時間を賜りたくお願い申し上げます」

総監は、大統領の了解なく立ち上がった。社交辞令は、これで終わりということだろう。

「総監、では、我が国もＩＯＣと掛け合い、イ検事を責任者にした捜査チームによる初動捜査を行えるように手続きします」

大統領に代わってチャン室長が告げた。

「今後の貴国との連携については、警務部長である服部《はっとり》が窓口を務めます」

警務部長の服部が軽く会釈するのに、ジョンミンも応えた。

「早速ですが、服部さんに伺いたい。狙撃犯は既に射殺されたという情報は、事実ですか」

「把握しておりません。分かり次第、チャン室長にお伝え致します」

服部の回答に、日本側の考えが明確に表れていると、ジョンミンは確信した。すなわち日本は、韓国捜査チームに重要情報は一切渡さないつもりだ。ならば、こちらも腹をくくって捜査を進めるしかない。

2

「総監は機嫌が悪いっすね」

中村と並んで末席に控えていた望月が囁《ささや》いた。

韓国大統領に弔意を伝えた後、日本の捜査班は馬事公苑の会議室に移動してきたのだが、その間も名城総監はずっと仏頂面を見せている。

だが、中村としては、そんなことよりも別のことが気になっていた。

総監に同行した幹部の顔ぶれだった。韓国大統領の姪で検事でもあるキム・セリョンが暗殺された事件は、事と次第によっては外交問題に発展する。おまけに、韓国を敵性国だと今なお考えている公安幹部も多い。

そういう極めて政治的な色の濃い事件だけに、中村は、公安部に捜査権を取り上げられる可能性が高いと思っていた。

ところが、会議室で捜査員を前に並んだのは、総監、警視庁刑事部長、警務部長、捜査一課長で、例外は初動対応を指揮していた警察庁警備局五輪警備対策室次長の戸村だけだ。

その上、「警視庁の威信にかけて、捜査に当たれ」と総監はハッパをかけるし、片山《かたやま》一課長は、「精鋭の特捜班と中村率いる第四班を含めた三つの強行捜査班総勢五十人ならびに機動捜査隊百人を動員する」と言明した。つまり、公安部は捜査に参加させないということだ。

「捜査指揮は不肖、片山が執る。現在、捜査員の大半はこちらに向かっている最中なので、第一回の捜査会議は午後十一時にここで行う」

片山は、叩《たた》き上げの捜査一課長だった。軍人のようなクルーカットに灰色のスーツというのがトレードマークで、地道に可能性を潰《つぶ》す地取り捜査を重視する。捜査員が集めた情報の分析に長《た》け、過去何度も重大事件を解決してきた。

また、大勢の捜査員の志気を高め、捜査に集中させるリーダーシップもあった。

「一つ、お尋ねしたいのですが、捜査権は、警視庁にあると考えてよろしいのでしょうか」

現状では、馬事公苑にいる捜査員の代表的な立場であったため、中村はあらゆる懸念を払拭しておきたかった。

「これから総監と警務部長がIOCの関係者と協議する。ただ、初動捜査については、警視庁が行う権限を得ている。ならば、そのまま解決まで突っ走れ」

「お聞き及びかも知れませんが、スタンドの屋根の警戒をしていた特殊急襲部隊第三小隊長の毒島実警部補が、行方不明になったことへの対応は?」

「戸村次長から緊急配備の要請はあった。ただし、確認を要する情報が多いということで、現在はSATと機捜隊（機動捜査隊）が、追跡を行っている。中村さん、おっしゃりたいことは分かるが、毒島小隊長が狙撃に関係したという裏付けはないんだ。慎重に対応したい」

つまり、SAT隊員がガイシャを射殺した可能性は、隠しておきたいということか。

「そうですね。ですが、いずれ情報が漏れますよ」

「その点については、二十四時間と期限を決めています。それが過ぎれば、指名手配も考えます」

それを汐《しお》に散会した。総監と警務部長はヘリに乗り、神宮外苑《じんぐうがいえん》に向かった。

中村は藤田を伴って、片山を呼び止めた。

「何だね？」

「彼は、ガイシャを警護していたSPであり、ガイシャからの厚い信頼を得ていました」

「警視庁警備部警護課の藤田陽介であります」

「確か軽井沢で、キム選手の命を救ったSPだね」

「彼が捜査に参加したいと言っております」

「理由は？」

「今後捜査するに当たって、キム選手に対する警護状況を知る必要がありますし、韓国の警護関係者や馬術競技関係者とも顔見知りです。その上、彼は銃器にも詳しい。特別に私の部下として使わせてください」

暫《しばら》く腕組みをして考えていた片山が、首を縦に振った。

「良いでしょう。彼の上司には私から仁義を切ります」

「ありがとうございます！」

広い部屋に藤田の声が響き渡った。

# 3

国家安全保障局の仮オフィスに陣取った冴木は、毒島に関する資料ファイルを睨《にら》んでいた。

特殊急襲部隊第三小隊長の毒島実警部補、三十九歳。高校・大学とレスリング部に所属し、大学の先輩に誘われて警視庁に奉職。外勤をつつがなく終わらせて、機捜隊員、そして、SATの隊員と進んでいる。

三十九歳の若さで警部補として小隊長を務めているのは、優秀だからだろう。

そんなやつが、犯罪に加担するのか。

それとも、濡《ぬ》れ衣《ぎぬ》を着せるために、現場から連れ去られたのか。

狙撃現場の状況が、気に入らなかった。

SAT隊員が、スナイパーのやりたい放題を許し、なのに、現場に残っていたのは、いかにも狙撃をしたと思われる不詳と、相撃ちした体に見えるSAT隊員、本所の遺体のみ。

もし、不詳が狙撃犯で、本所がそいつを射殺したのなら、本所は犯人が仕事を終えるまで待ったことになる。

だとすると、この二人はいつ撃ち合ったのか。

そこで、浮かび上がるのが毒島の存在だ。

たとえば毒島が狙撃犯だとする。ならば、まず本所を殺害し、キム選手を暗殺、その後、どこからか連れてきた不詳を、本所の銃で殺害して、容疑者に仕立てあげる。そして、毒島は現場を去る——。

この説だと、二人の遺体と毒島の不在の説明は付く。

しかし、こんなバカげたことがあるわけがない。

なぜなら、もし毒島がスナイパーなら、逃げてはならない。逃げるから、疑われるのだ。

冴木が毒島なら頭の後ろに大きな瘤《こぶ》でも作るか、自らを傷つけて、意識を失うくらいの状況を作り出すだろう。

やはり、毒島が真犯人であるというのには、無理がある。

毒島も被害者だと考えるべきではないか。殺されて、連れ去られたのだ。

そもそも五〇〇メートル離れた標的の額をぶち抜けるような凄腕《すごうで》スナイパーが、日本のSAT隊員と一対一で対峙《たいじ》して相撃ちなんて絶対にあり得ない。

だが、それでも引っかかるのは、不詳の存在だ。毒島に罪を着せるなら、本所を殺し逃げたという状況をつくればいい。なのに、なぜ、不詳がいるんだ。

俺は何か決定的なピースを見落としているんだ。

物事に偶然はない。全てに必然的な理由がある。

だから、不詳が屋根にいて、その遺体が残されたのにも理由があるし、毒島が現場から消えたのにも理由がある。

冴木は、疑問点をまとめて、早見にメールした。

第一に、毒島の身辺調査。

第二に、毒島と本所の最後の無線連絡の時刻と録音記録。

第三に、不詳の身元の特定。

第四に、毒島小隊長の待機地点の徹底的な鑑識作業。その場で殺害されたなら、現場に血痕《けっこん》が残っている可能性がある。

第五に、狙撃後の逃走経路の検討——。

二十四時間以内に全て調べろ、とハッパをかけた。

スマートフォンをポケットにしまおうとしたら、早見から返信が入った。

〝官房長官がお呼びです。官邸までご足労願えませんか〟

4

セリョン暗殺直後の状況の報告書を書き上げると、藤田は再びスタジアムに向かった。

既に観客の姿はなく、すれ違うのは捜査員ばかりだ。その忙《せわ》しなさに追いやられるように、足は自然とアリーナに向かっていた。

周囲は規制線の黄色いテープで囲われ、今なお大勢の捜査員が、鑑識活動をしていた。

テープギリギリまで近づいて立つと、ほぼ中央の場所に、血だまりが見えた。

狙撃された直後駆け寄った時の記憶が鮮明に甦《よみがえ》った。セリョンは驚いたように目を見開いていた。そして、額の中央に弾丸の侵入口が開いていた。その場で抱きかかえたセリョンは温かかった。

「ワイシャツに血がついているけど、それはあんたの血か」

鑑識の腕章をした男が立ち上がるなり、不躾《ぶしつけ》に尋ねてきた。

言われるまで気づいていなかった。

「いえ、ガイシャのです」

「ガイシャって、キム選手のことか？　あんたは？」

「SPです。キム選手の護衛を務めていて、狙撃された直後に、キム選手を抱き上げ安否確認をしました」

「即死だったよ」

「そうですね」

「なのに、触れたのかね」

何が悪い！　と睨みつけていた。

「背広、ズボン、靴、ワイシャツを、全て脱いでくれ」

「なぜですか」

「君は、ここに残っているべき様々な物証を汚染した可能性がある。ここにしゃがみ込み、遺体を抱き上げたんだからね。だとすれば、君の身につけている物も、しっかりと調べさせてもらう」

「ですが着替えがありません」

だが、鑑識員は容赦しなかった。

鑑識員は、二メートル四方の分厚いビニールシートを規制線の外に敷くと、藤田を呼んだ。

鑑識用の手袋を嵌《は》めた複数人の手が、藤田の衣類をはいだ。上着、ワイシャツ、ズボン、靴……。

「ここに、サインをして」

シャツとトランクスだけの格好だったが、藤田は素直に証拠預かり証にサインした。

「暫く、ここにいてくれ。もうすぐ、着替えが来るはずだからな」

野外の暑さを考えれば、身ぐるみはがれて、むしろ涼しいぐらいだ。その一方で、藤田が殺害現場を汚染したと指摘されたのは、ショックだった。

あの時は無我夢中だった。しかし、セリョンが即死しているのは、目視で確認できた。ならば、警察官たる者、遺体に触れるなんて言語道断だった。

SPだけではなく、警察官としても失格――。

「これを、着ろ」

「菊地さん」

　セリョン警護の現場主任だった菊地が、ジャージの上下とスリッパを手にしていた。

「ありがとうございます。勝手ばかりして申し訳ありません」

「一人で抱えるな。キム選手を救えなかったのは、我が班全員の責任だ。おまえ一人の問題ではない」

　理屈ではそうでも、やはりこれは俺の責任なのだ。

「それを着たら、撤収だ」

「なぜ、撤収するんですか。まだやるべき事がたくさんあります」

「捜一としては、そうだろう。だが、警護する対象がいなくなれば、俺たちの職務は終わりだ。本庁に戻る」

「捜査一課長から、暗殺事件捜査に参加する許可を戴《いただ》きました」

「なんだと！　そんなわがままが、通用すると思うのか」

　普段は温厚な菊地が怒鳴った。

「わがままではなく、私の責務です。キム選手を警護していた状況を知っており、かつ韓国SPと面識のある者が、捜査には必要です」

「バッジを返せ！」

「何のバッジです」

「SPのバッジだ」

「スーツについたままです。さっき、鑑識が持って行きました」

「もはや、おまえには戻る場所がないと思え」

菊地は、藤田の胸に着替えを強く押しつけた。

## 5

暗殺事件の影響で、首相官邸も大混乱だった。迎えにきた早見とともに、冴木は記者に気づかれずに五階にある官房長官室に入った。

長官は不在で、秘書官からは、ここで待つように言われた。

「韓国大統領が警視総監に合同捜査を要求したそうです」

早見が告げた。

「まさか、受け入れたんじゃないだろうな」

「全てはIOCとの折衝次第だと返したそうです」

「ガイシャの滞在先のガサは?」

「まもなく始まる予定です」

毒島の行方は、今なお不明だ。

「それと、亜土に依頼している件で、相談があると言われています。官房長官との話が終わったら、検察庁に寄ります」

韓国側のカウンターパートの選定と、キム検事と合同で捜査していた東京地検特捜部の検事への事情聴取の件だ。

「問題が発生したのか」

「分かりませんが、冴木さんに会って相談したいそうです。ところで、藤田陽介というSPをご存知ですか」

「ああ。警視庁で行っている合気道教室の生徒だ」

「なるほど。彼がキム検事に厚く信頼されていて、最近接の警護を担当していたことも？」

「……いや。知らなかった」

「その藤田巡査部長が、狙撃場所を特定したそうです」

「会うべきだな」

「同感です。なお、彼は志願して暗殺事件捜査に参加しています」

「警視庁も柔軟になったということか」

「本人が強く希望したのと、キム検事を最近接で警護し、韓国SPとも親しかったので許可されたようです」

極めて異例だが、何事にもまっすぐなアイツらしい。

「捜査の指揮は？」

「片山研介《けんすけ》捜一課長が直接仕切るようです。キム検事の滞在先をガサ入れする件は、片い方が良い。

ガサ入れについては、当分の間は韓国側に伏せておきたい。ならば警視庁にも伝えない方がいいだろう」

「彼は知らない方がいいだろう」

山課長に伝えますか」

叩き上げの敏腕という程度は噂で知っていた。

「やあ、呼びつけたのに待たせて済まない」

長身で馬面の官房長官、大森素平が戻ってきた。冴木が内閣情報調査室長だった頃は、毎日のように顔を合わせていた男だ。

山梨県出身、六十九歳の大森は、東大法学部を経て警察庁にキャリア採用され、二十年前に政界に打って出た。当選七回で複数の閣僚経験もありながら、総理を下支えする大番頭役を務めているのは、現総理が、かつて大森が師事した大物政治家の息子だからだ。

「無理を聞いてくれて助かったよ。心からお礼を言いたい。総理も、喜ばれている」

総理が喜んでいるとは思えないが。

「呼び出したのは他でもない。韓国との連携について、官邸の意向を伝えたかったからだ」

「素平さん、そういうのは聞きたくないな」

冴木は敢えて、かつてコンビを組んだ頃の気安さを込めた。

「いや、ジロちゃん、そうもいかない。ここのところ韓国とは、またもや険悪になっているんだからね」

五輪のメインスタジアムの目と鼻の先に、性奴隷像なる戦時中の従軍慰安婦に抗議する像が何者かの手で建てられたことを指しているのだろう。日本政府が、韓国政府に厳重抗議したが撤去に至らず、ヘイトスピーチ・デモが国立競技場前で行われたりもしていた。

「お坊ちゃまは、大の韓国嫌いだろう。官邸の意向なんぞ聞きたくもない」

「まあ、そう言いなさんな。俺としては、立場上伝えておく義務があるんだ」

「条件がある」

大森が聞きたくないという顔つきをしたが、構わず続けた。

「事件の前日に、総理と韓国大統領が密談して激論になったそうだが、その内容を知りたい」

大森が、早見に咎《とが》める視線をぶつけた。

「早見がしゃべったわけじゃない。俺にも情報網はあるし、厄介事を押しつけられる以上、絶対に知っておくべきことだろ」

官房長官が、タバコに火を点《つ》けた。

全館禁煙だったはずだが、大番頭だけは例外なのだろう。

「激論になったのは、米軍撤退問題だよ」

「民間軍事会社へ移行するんじゃないのか」

大森が渋い顔になった。

「それを踏まえての協議だ」

「何を協議することがある。両国とも民間移行は絶対反対だろうが」

「まあな。だが、米国からの提案を拒絶すると、駐留軍を撤退させるとおっしゃっているんだ。アメリカ様は」

「やれるもんなら、やってみろと言ってやれよ」

大森は、ますます仏頂面になる。

「そうはいかんよ。米軍に撤退されたら、我が国は、外敵に対抗できない。それぐらい、分かるだろ」

先進国失格だな。

「だが、それをアメリカが望んだんだ。そして、日本もそれに応じた。しかし、本当を言えば、我が国に米軍基地があるのは、おかしい」

「ジロちゃん、その議論は、別の機会にやろうや。昨夜は、対米に対する方針が嚙み合わなかった」

「なぜだ?」

「我らが総理は、米軍が出て行きたいというのであれば、止めないとお考えだからだ」

そうか、総理大臣閣下は、自主防衛論者だったな。

「だが、チェ大統領は、民間移行も米軍撤退も認めたくない。だから、両国でタッグを組もうと持ちかけた。しかし、合意に至らなかった」

「なんと愚かな」

「まあな。しかし、個人の信条は自由だが、立場上言っていいことと悪いことがある。だから、日米安保に関しては公式見解以外口にするなと、総理には釘《くぎ》を刺してきたが、あろうことか韓国大統領の前で、今後は自主防衛路線に舵《かじ》を切りたいと言ってしまった」

総理は相当のアホだとは思っていたが、どこかに監禁して接見禁止にした方がよいレベルになったようだ。

「今すぐ、総理を辞めさせせろ」

「そんなことができるかね。あんなアンポンタンでも、国民からの支持は高いんだ」

「それは、国民もアンポンタンだからだろ」

顔をしかめた大森は、話を続けた。

「自主防衛なんて話題が出て、韓国大統領は顔色を変えた。そして、日本は核武装するつもりかと詰め寄った」

そう言われるのは、当然だ。

「まさか、イエスと答えたんじゃないだろうな」

「さすがにそこまでは言わせなかった。側近が介入して、議論を止めた。だが、チェ・ジェホ大統領は怒りを顕《あら》わにして、米軍撤退を望むのは、日本が軍国主義化したからだと総理を詰《なじ》った」

日本国内では、もはや誰も信じないが、アジア諸国はどこかで日本の核保有を恐れている。パキスタンや北朝鮮よりも、はるかにレベルの高い核開発技術を持っている日本は、その気になれば即座に核ミサイル保有国になれると疑っている。

何より韓国の警戒心は強い。

その韓国の大統領に向かって、核武装を想起させるような発言をするとは。

「そんな目で睨むな。俺だって辛《つら》いんだ。いずれにしても、昨夜はそんな話ですったもんだがあった。そして、今日は暗殺事件だ。俺は、チェ・ジェホ大統領が、姪が殺されたのは日本の陰謀だ、と言い出すんじゃないかと、本気で心配している」

だから、俺が呼ばれた、わけじゃないよな、素平さん。

「とんでもない交渉カードを、相手にプレゼントしたわけだな」

「にもかかわらず総理は、日韓の合同捜査を『日本の沽券《こけん》にかかわる』から認めないとおっしゃっている。そこでIOCの委員を説得してほしい」

「俺はIOCに知り合いなんていない」

「では、アメリカは？」

「素平さん、総理の発言は、アメリカへの裏切りだぞ。無理だな。それに、チェ大統領が涙の記者会見を開くだけで、合同捜査本部は実現する」

「どういうことだ」

「姪が惨殺された。なのに、日本政府は、自国のメンツを押し通して、韓国に捜査をさせない。こんなことがあっていいのかと、涙の一つも浮かべたら、国際世論は彼の味方につく」

官房長官がうなり声を上げて考え込んでしまった。

「ここは、日本側から合同捜査本部を提案する度量がいるぞ」

大森は秘書官を呼びつけて、警察庁長官の携帯電話を呼び出すように命じた。

「とにかく、これで昨夜の秘密会談の中身を教えたぞ。官邸の意向も聞いてもらおう」

「まだだ。そもそも駐留軍の民間移行の件はどちらが言い出したんだ」

「韓国サイドだ。姪の応援にかこつけて、本当はそのために来日したんだ」

「日韓で足並みを揃えて、民間移行も軍の撤退も絶対反対！　とアメリカに訴えようと持ちかけたということか」

「事前に根回しがあれば、やりようもあったが。何の前触れもなく、こんな重要案件をいきなり切り出されるのは迷惑だ」

そんなことは外交のいろはなのに、大統領は何を血迷って、そんな乱暴なやり方を取ったんだ？

「話は以上だ。官邸としての意向を伝える。このヤマは、端緒も動機も韓国内の問題で、日本は、たまたま舞台になっただけという落とし所を考えて、事態の収拾を図って欲しい」

秘書官が、警察庁長官と電話が繋《つな》がったと言って、コードレスホンを差し出した。

「いやあ、長官。大変な役を押しつけてしまって申し訳ない。是非ともお願いしたいことがありましてな。そう、暗殺事件捜査についてです。我が国から日韓合同捜査本部を立ち上げたいと提案してもらえませんかな」

好々爺《こうこうや》然として話す大森を眺めながら、米軍の民間移行に対する米国の本気度を早急に確認せねばと、冴木は考えていた。

「えっ、何ですって！」

大森が声を上げた。

「いや、それはどうだろうな。長官、そんなことをして、韓国が黙っていると思いますか。ここは国際世論を考えて戴いて、決断してもらわないと……いや、それは！」

どうやら、電話を切られたようだ。

大森は、鬼の形相になって秘書官を呼んだ。

「今すぐ、警察庁長官と警視総監を官邸に呼べ。五輪担当大臣もだ！」

警察庁長官は、捜査は全て日本のみで行うと主張し、ＩＯＣ側も受け入れたということだろう。我が国で起きた事件なのだから当然ではある。だが、外交は原理原則だけでは収まらないものだ。

韓国大統領が、総理の暴言を暴露する可能性が、一気に高まった。

「悪いが、話の続きは、いずれまた。とにかく、官邸の意向をしっかりと完遂してくれ」

「粉骨砕身努力しますよ、官房長官」

意向の実現があり得ないのは分かっていた。

「それと、素平さん、あと、もう一つだけ」

「何だね？」

「キム検事暗殺事件は、あんたが俺に依頼した米軍の美人将校惨殺事件と繋がると、覚悟しておいた方がいいぞ」

悲鳴のようなため息が響いた。

6

行き場をなくした藤田の足は、自然と厩舎《きゅうしゃ》に向かっていた。

そこに何があるのか、いや、なぜ自分は、そこに行きたいのかも分からなかった。

いつもは夜になっても人と馬で賑やかな練習場なのに、人の気配がまったくない。厩舎も同じで、馬の世話をする厩務員がちらほらいるだけだ。

そんな中で、一ヵ所だけに人が集まっていた。

「陽介……」

声をかけられて、彼らが皆、韓国のＳＰ隊員であるのに気づいた。

藤田に近づいてきた一人に、強く抱きしめられた。副隊長だった。心が揺れて、感情が噴き出しそうなのを堪《こら》えて顔を上げた。

「本当に申し訳ないです。あれほどキム選手から信頼を戴き、命に代えても守ると誓ったのに」

「その気持ちは、ここにいる皆も同じだよ。君一人が責任を負う必要はない」

副隊長は、日本語が話せた。

同じことを言われているのに、菊地の時に起きた反発心が起きなかった。それは、ここにいる者が皆、藤田と同じ気持ちで傷ついているからだろうか。無論、菊地だってショックだったのは間違いない。だが、彼は、警護官として、気持ちを入れ替えていた。

その強さが今の藤田には冷酷に思えて、辛かったのだ。

「狙撃犯が射殺されたというのは、本当か」

「狙撃は、スタンドの屋根の上からだと思われます。そこに、不詳の遺体がありました。ただ、私は彼は狙撃犯ではないと考えています」

その理由を説明すると、皆が頷いた。

「SATの隊員が一人、行方不明だとも聞いたが」

「その辺りは、私には分かりません。私は事件直後に長時間にわたって、事情聴取を受けていたので」

一緒に警護した仲間ではあったが、厳秘命令が出ている情報は出せなかった。

大変だったなと、副隊長に労《ねぎら》われたのが辛かった。

「屋根の上からだと、五〇〇メートルくらいはあると思うんだが、そこから狙撃したのに間違いないのか」

「それも分かりません。ですが、狙撃するには良いポイントだったと思います」

「但し、その距離で撃てる腕があればだな」

副隊長の言う通りだ。

「少なくとも我が国には、そんなスナイパーは存在しません」

「韓国にはいるかも知れませんね」

韓国SPと行動を共にしていた女性通訳が言ったが、韓国SP全員に無視された。

正規軍があり、一触即発の三八度線では、北朝鮮軍と対峙しているのだ。凄い狙撃者がいても当然だった。

藤田はセリョンの愛馬タンザナイトのことが気になって、馬房に近づいた。

奥の方にいるせいで、様子が分からず藤田はタンザナイトの馬房に入った。次の瞬間、壁に体を押しつけられ、首元にナイフを突きつけられた。

「ミンシクか！　何だ⁉」

キム選手専属の厩務員が睨んでいる。

音を聞きつけたSP隊員が飛んできて、二人を離そうとした。だが、ミンシクは、二人がかりで羽交い締めにされても、藤田を掴む手を離そうとしない。

藤田はミンシクに合気道の技をかけた。ミンシクがその場に崩れ落ち、SPらに取りおさえられた。

藤田は、ミンシクの前に正座し、額を地面に押しつけた。

「許してくれ、ミンシク！」

申し訳なさと悔しさと、そして激しい怒りを堪えるために、藤田は馬房の土を強く握りしめた。

「陽介、そんなことは止めろ！ 言ったはずだ。キム選手を守れなかったのは、SPチーム全員の責任なんだ。だから、頼むから立ち上がってくれ。俺たちのためにも」

副隊長に懇願されても藤田は動かなかった。その時、タンザナイトが顔を寄せてきて、藤田の頭に鼻をすりつけた。

顔を上げると、ミンシクの姿はもうなかった。タンザナイトと目が合うと、馬は頭を上下に振った。

主を守れなかった俺を、タンザナイトも怒っているのだろうか。

心で詫びながら、タンザナイトの鼻筋を撫でた。タンザナイトの大きな瞳は、美しく澄んでいて、藤田は泣きそうになった。

7

ジョンミンは、韓国の捜査陣のために馬事公苑に用意された部屋に向かった。手狭だが、当面はここを拠点にするしかない。

待機していたSPのチョ・ソンウ隊長と、日本語が堪能な女性SPパク・ジョインが、起立し敬礼した。

「イ検事、先程、キム選手の投宿先にいる家政婦から連絡がありまして、日本の捜査員が家宅捜索を始めたそうです」

「なんで、そんな重大な情報を、もっと早く連絡しないんだ！」

「申し訳ありません！　我々に、日本側から伝えられる情報が限定的で……」

そういう妨害には屈してはならない。これでは日本の捜査陣に負けてしまう。

「車は？」

「ございません。宿舎までは、徒歩十分足らずですので、皆徒歩で移動しておりました」

要するに俺たちは我が身以外は何も持ってないというわけか。

「パクさんは、私と一緒に来てくれ。チョ隊長は日本のSPから事件についての情報を集めてほしい。どうやら警視庁は、我々をつまはじきにするようだ」

セリョンの宿泊先に到着したジョンミンとパクをメディアが取り囲んだ。だが、日本語が分からないジョンミンには、反応のしようがない。

代わりに対応しようとしたパクの肘《ひじ》をつかんだ。

「しゃべれないフリをするんだ。その方が面倒にならない」

インターフォンを押して、英語で身分と名前を名乗った。

だが、相手は英語が分からないのか、早口で日本語が返ってきたかと思うと、切られた。

複数の記者が、英語で質問をぶつけてきたが、無視した。

その時、勝手口の門が開いた。

「失礼だが」

英語で誰何《すいか》してきたのは、冷たい印象のする男だった。ジョンミンは、身分証明書を提示して名乗った。

メディアの標的が、応対した男に替わった。殺到するメディアを追い出して、ジョンミンとパクは中に通された。

「東京地検の渡部《わたべ》と言います。ご用件を伺います」

「キム選手が利用していた部屋を家宅捜索されていると聞きました。立ち会わせていただきたい」

パクが通訳する。

「申し訳ないですが、それは許可できかねます」

渡部が冷たく言い放った。

「邪魔はしません。ただ、見るだけでいいんだ」

ジョンミンは精一杯の愛想笑いを張りつけてお願いした。パクが緊張しながら通訳している。

だが、渡部に応じるつもりはなさそうだ。

「ここの責任者はどなたですか？」

「私です。家宅捜索の結果については、追って法務省から外務省経由で、貴国の外務省にお伝え致します」

「あなたが私の立場であれば理解できるでしょう。暗殺されたのは、韓国大統領の姪で、国民的スター選手なんだ。現場にいる我々が何もせずに、貴国の捜査結果を待つだけでは、我が国民が納得しません。同業者のよしみです。非公式でいいので、配慮をお願いしたい」

渡部は断固として首を横に振った。

「私は韓国大統領から、捜査の全権を委任されたんです。そういう立場の者を無下にしていいんですか」

「お引き取りください」

渡部は言い捨てると邸内に戻ってしまった。玄関で立ち番をしていた事務官が、ジョンミンらのために、門を開いた。

「パクさん、メディアにコメントをします。丁寧に通訳してください」

ジョンミンは大ゲサなくらい困惑した表情をつくって、メディアの囲み取材を受けた。

「韓国政府の方ですよね」

英語で質問された。

「ソウル中央地方検察庁特捜部主任検事のイ・ジョンミンと言います。亡くなったキム・セリョン選手の上司です」

パクが日本語で伝えると、記者たちの顔つきが変わった。

結構だ。しっかり俺の話を記事にしてくれよ。

「何をしに来られたんですか？」

「ここは、キム選手の宿舎でした。日本の検察庁が家宅捜索に入られたと聞いたので、立ち会わせて欲しいとお願いしたのですが、断られました」

「つまり、日韓は合同での捜査はしないということですか」

「そうでないことを願っています。私は、チェ・ジェホ韓国大統領から直々に、捜査の責任者に任命されました。つまり、韓国側の事件捜査の代表なのですが、それでも、立ち会いは認められませんでした」

「それは、許せないなあ」

韓国語で、非難の声が上がった。

よし、いいぞ。韓国のメディアは、ちゃんと伝えるんだぞ。

「日本の検察庁のお立場もあるでしょう。ただ、我々が目指している方向は同じです。すなわち、キム選手を暗殺した人物の逮捕です。外交上の問題はともかく、現場の検事同士、お互いの立場を理解し合い、知恵を出し合おうと提案したのですが、断られました。とても、残念です」

「ここは日本ですよ。韓国の検察や警察が日本国内で捜査するのはおかしいのでは？」

日本人は頭の固いバカばかりだな。

「いや、ちょっと考えてみてくださいよ。私は彼女の上司だったんですよ。おそらく、今日本においてキム・セリョンのことを一番よく知る人間です。だから、ご協力したいと申し出たんですがね。今、最優先すべきは、何なのか。ぜひ、みなさんも、ご一緒に考えてみてください」

ジョンミンは、そこで切り上げた。

少しは効果があってくれと願った。

だが、この程度では、捜査への参加など認めないだろうな。

その時、ジョンミンに、あるアイデアが浮かんだ。

もしかすると、突破口になるかも知れない。

彼は馬事公苑に戻りながら、ソウルに電話を入れた。

8

「一体、これは何の真似ですか」

人がほとんどいない大会議室に呼び出されたSATの隊長、土方《ひじかた》警部は不快感を隠そうともしなかった。

中村は、同席している戸村に説明を委《ゆだ》ねた。

「土方、そうカリカリするな。世界が注視する大事件だ。迅速に事件を解決することが求められている。それぐらい分かるだろ」

「もちろんです。あなたから事情聴取されるのは、分かります。しかし、なぜ捜一が同席するのかが分かりません」

馬鹿馬鹿しい。

中村は呆《あき》れたが、黙って土方を見ていた。同席している望月も珍しく軽口を叩かない。藤田が緊張しているのは横目でも分かった。

平時には、可能な限りなりを潜めて国民にその存在を隠し、絶体絶命の事態の切り札としてのみ登場する精鋭部隊を率いているだけに、土方は良い面構えをしている。何気なく座っているように見えて、隙もない。

こんな場に引きずり出されるのは、心外だろう。しかも、捜一が同席するということは、土方の部下を疑っているという意思表示だった。

「人が三人殺された。捜一が捜査をしなくて、誰がやるんだね」

組織内政治を生き抜くという意味で優秀な戸村は、至極当然のように道理を説いた。

「毒島を、キム選手殺しの本ボシだと疑っているということですか」

戸村が苦笑いを浮かべて、視線を中村に向けた。代わって答えろという意味だ。

「土方さん、我々は誰も疑っていません。まだ、初動捜査の段階ですから。私たちが伺いたいのは、毒島小隊長についての基礎情報です。キム選手は、スタンドの屋根の上から狙撃された可能性が高い。そして、そこにはスナイパーライフルと薬莢《やっきょう》が放置されていました。本所巡査部長と不詳の遺体まであった。なのに、いるべきはずの毒島小隊長が行方不明なんです。隊長のあなたからお話を伺いたいと我々が考えるのは、ご理解戴けるのでは」

「暗殺者は、その不詳ではないのですか」

「それも分かりません」

土方の攻撃的な態度が薄れた。

「分かりました。中村さん、失礼な発言をお詫《わ》びします。何でもお尋ねください」

「ありがとうございます。毒島小隊長の捜索状況について教えてください」

「私が最後に彼と話したのは、狙撃直前の定時連絡でした。以降、彼を見た者は誰もおりません」

望月が手帳を開いた。

「定時連絡の正確な時刻は？」

「本日の十九時二十四分です。キム選手がアリーナに現れる直前のことです」

公式記録員によると、キム・セリョン選手が、アリーナに出てきたのは、十九時二十五分とある。

「定時連絡は、具体的にどんなやりとりをするんですか」

「私が、状況を申告するように命じると、各人から応答が来ます」

「つまり、『異常ありません』という言葉が返ってくる程度ですね」

「そうです。中村さんのご懸念は、それが本当に毒島の声だったかどうかですね」

中村は頷いた。

「それは分かりません。皆、似たような声で返しますから。しかも、無線の状態が悪かったんです」

「無線の状態が悪かった理由は？」

「不明ですが調査しております」

「毒島、本所の両隊員の様子は？」

「特に変わったところはありませんでした。毒島は、隊の中の兄貴分でした。一生に一度であろう五輪警護という大役に、若い隊員たちは緊張していました。それを和らげるためか、普段以上に明るかったぐらいです」

既に入手していた個人情報でも、毒島の評価は高く、評判も良い。

「スタンドの屋根に毒島さんと本所さんが配置されると決まったのは、いつですか」

「競技前日の夜です。ただし、毒島が屋根の上を担当するのは、もう少し前から内定していました」

「内定？　彼だけですか？」

それまでよどみなく答えていた土方が、口ごもった。

その時、ドアが開いて、数人の警官が入ってきた。

「何だ、おまえらは？」

戸村に怒鳴られて、若い警官が敬礼した。

「捜査会議の準備をするように命じられました」

午後十一時まであと三十分ほどだ。

「二十分後にしてくれ」

警官たちは逃げるように部屋を出ていった。

「土方さん」

中村が促すと、土方は口を開いた。

「毒島が、最も射撃の腕が良かったからです。競技中にキム選手を狙うなら、スタンドの屋根の上からの狙撃の可能性が高い。また、あそこからは全体が見渡せますので、たとえ別の地点から狙われたとしてもいち早く察知して阻止できるだろうと考えました」

「つまり、毒島小隊長は、アリーナ周辺に暗殺者がいた場合に、屋根の上から狙撃し命中できるだけの腕があったという意味ですね」

土方が口ごもった。状況証拠は毒島狙撃説を裏付けかねないからだろう。土方には気の毒だったが中村がもう一度問い直すと、

「そうです」と渋々認めた。

「狙撃に使われたのは毒島小隊長の銃ですか」

「いえ、毒島のライフルは毒島もろとも消えております」

「本所さんのライフルも現場にありませんでしたよね」

「先ほど、スタジアムから二〇メートルほど離れた植え込みから発見されました」

本所が撃たれた後、強風で飛ばされたのか……、そんな訳はないな。ということは、誰かが持ち去り遺棄したのか。

「一言よろしいでしょうか。毒島は暗殺なんて、絶対にやりません。あいつは、今の仕事に誇りを持っているんです」

土方の声が悲痛になった。

「毒島小隊長の立ち寄り先に、心当たりはありませんか」

「全て捜しています。しかし、どこにもおりません。現在、ウチの隊員が馬事公苑の監視カメラのチェックをしていますが、毒島がスタジアムを出た記録は見つけられていません」

「屋根に上がるためには、最上階の安全装置を解除して上り梯子《はしご》を下ろして、上がるんですよね。その廊下を監視しているカメラはあるんですか」

「ありますが、毒島は映っておりませんでした」

煙のように消えたとでもいうのか……。戸村も残念そうだ。

「本所巡査部長についても伺いたいんですが」

「彼は、隊で一番の若手です。射撃の腕もなかなかで、毒島は期待して目をかけていました。彼らは普段からコンビを組んでおりましたので、今回の配置も何ら特別なものではありません」

「素行に問題は？」

「ありません」

「失礼を承知で申し上げますが、毒島小隊長と本所巡査部長については、改めて素行調査して戴けると考えてよろしいですか」

「既に始めております。現段階では、二人に問題行為があった形跡はありません。中村警部、どうか私を信用してください。二人の素行に問題がみつかったら、すぐにご連絡致します」

狙撃犯は、どのタイミングで狙撃場所を決めたのかという疑問が、中村にはあった。少なくとも、ごく最近ではないはずだ。

早めに狙撃場所を決めたとして、SATのうちの誰が屋根の上を担当するのか、いつ知ったのだろうか。

「先程、毒島さんは、SAT一の腕前だと伺いました。だから、犯行現場に最も選ばれやすい地点の担当になったと。であるならば、もっと早い段階から、毒島・本所の二人は、スタンドの屋根を担当すると、隊内で暗黙の了解があったのではないですか」

土方が唇を固く結んでしまった。

中村は、待った。

「推測を申し上げたくありませんが、確かに、あの二人が屋根の上を担当するだろうなと、誰もが思っていたのは、間違いありません」

戸村が、辛そうなため息を漏らした。

中村は話題を変えた。

「この写真を見てください。屋根の上で発見された不詳の遺体です。そして、こちらは残されたスナイパーライフルです」

土方は、二枚の写真を手に取った。

「レミントンM700ですか」

「そのようです。この不詳がこのライフルで狙撃をしたと仮定した場合、土方さんはどう思われますか」

「この男が撃ったということに違和感を覚えます」

土方は即答した。

「というと？」

「体格もそうですし、不詳の腕の様子を見ても、スナイパーのものとは思えない。射撃は意外に筋力を必要とするんです」

藤田の指摘は的を射ていたわけか……。

「では、毒島小隊長なら、どうですか」

「中村さん、それを私の口から言わせるんですか」

「酷《むご》い質問なのは、重々承知しています。しかし、尋ねないわけにはいきません」
「毒島なら、問題なく扱えます」

（下巻に続く）

本書は、二〇一九年八月に小社より刊行された単行本を加筆修正のうえ、文庫化したものです。

この物語はフィクションです。登場する個人・団体等はフィクションであり、現実とは一切関係がありません。

# トリガー　上

真山《まやま》 仁《じん》

令和3年 3月25日　初版発行

発行者●堀内大示

発行●株式会社KADOKAWA
〒102-8177　東京都千代田区富士見2-13-3
電話　0570-002-301（ナビダイヤル）

角川文庫 22590

印刷所●株式会社暁印刷
製本所●株式会社ビルディング・ブックセンター

表紙画●和田三造



●お問い合わせ
https://www.kadokawa.co.jp/（「お問い合わせ」へお進みください）
※内容によっては、お答えできない場合があります。
※サポートは日本国内のみとさせていただきます。
※Japanese text only


ISBN 978-4-04-109425-9　C0193

# 角川文庫発刊に際して

角川源義

第二次世界大戦の敗北は、軍事力の敗北であった以上に、私たちの若い文化力の敗退であった。私たちの文化が戦争に対して如何に無力であり、単なるあだ花に過ぎなかったかを、私たちは身を以て体験し痛感した。西洋近代文化の摂取にとって、明治以後八十年の歳月は決して短かすぎたとは言えない。にもかかわらず、近代文化の伝統を確立し、自由な批判と柔軟な良識に富む文化層として自らを形成することに私たちは失敗して来た。そしてこれは、各層への文化の普及滲透を任務とする出版人の責任でもあった。

一九四五年以来、私たちは再び振出しに戻り、第一歩から踏み出すことを余儀なくされた。これは大きな不幸ではあるが、反面、これまでの混沌・未熟・歪曲の中にあった我が国の文化に秩序と確たる基礎を齎らすためには絶好の機会でもある。角川書店は、このような祖国の文化的危機にあたり、微力をも顧みず再建の礎石たるべき抱負と決意とをもって出発したが、ここに創立以来の念願を果すべく角川文庫を発刊する。これまで刊行されたあらゆる全集叢書文庫類の長所と短所とを検討し、古今東西の不朽の典籍を、良心的編集のもとに、廉価に、そして書架にふさわしい美本として、多くのひとびとに提供しようとする。しかし私たちは徒らに百科全書的な知識のジレッタントを作ることを目的とせず、あくまで祖国の文化に秩序と再建への道を示し、この文庫を角川書店の栄ある事業として、今後永久に継続発展せしめ、学芸と教養との殿堂として大成せんことを期したい。多くの読書子の愛情ある忠言と支持とによって、この希望と抱負とを完遂せしめられんことを願う。

一九四九年五月三日

# 角川文庫ベストセラー

# 角川文庫ベストセラー

## 大義の末　新装版　城山三郎

太平洋戦争末期、理想に燃える軍国少年・柿見。激動の時代に翻弄される少年の行く末は……社会の価値観・思想が目まぐるしく変化する中で生きた少年の青春と葛藤を描く、城山三郎の最重要作品。

## 仕事と人生　城山三郎

「仕事を追い、猟犬のように生き、いつかはくたびれた猟犬のように果てる。それが私の人生」。日々の思いをあるがままに綴った著者最晩年、珠玉のエッセイ集。

## 重役養成計画　城山三郎

平凡な一社員の大木泰三は、ある日重役候補生の1人に選ばれた。派閥に属さず立身出世とは無関係の彼に、虚々実々の毎日が始まる――。現代のサラリーマンへの痛烈な批判を含みながらユーモラスに描く快作。

## うまい話あり　城山三郎

出世コースから外された太平製鉄不動産の津秋に、うまい話がころがりこんだ。アメリカ系資本の石油会社がガソリン・スタンドの経営者を集めているというのだ。脱サラを目指す男の奮闘記。

## フェイク　楡周平

大学を卒業したが内定をもらえず、銀座のクラブ「クイーン」でボーイとして働き始めた陽一。多額の借金を返済するため、世間を欺き、大金を手中に収めようとするが……。軽妙なタッチの成り上がり拝金小説。

# 角川文庫ベストセラー